★小学館ジュニア文庫★

ある日 犬の国から手紙が来て

―家族の樹―

絵 松井雄功
文 田中マルコ

ここは
眠《ねむ》りについた
犬《いぬ》たちが暮《く》らす
「犬《いぬ》の国《くに》」

1章《しょう》
ヒロとベルーノ
2章《しょう》
秀介《しゅうすけ》とヤスシ

3章《しょう》 ナツメとキララ

4章《しょう》 アキとジャンボ

ヤスシ
ベルーノ

ジャンボ
キララ

あなたにもいつか
お手《て》紙《がみ》が届《とど》くかもしれません

ある日 犬の国から手紙が来て

―家族の樹―

松井雄功／絵
田中マルコ／文

★小学館ジュニア文庫★

遠《とお》い空《そら》の向《む》こう、
虹《にじ》の橋《はし》を渡《わた》った場所《ばしょ》にある「犬《いぬ》の国《くに》」

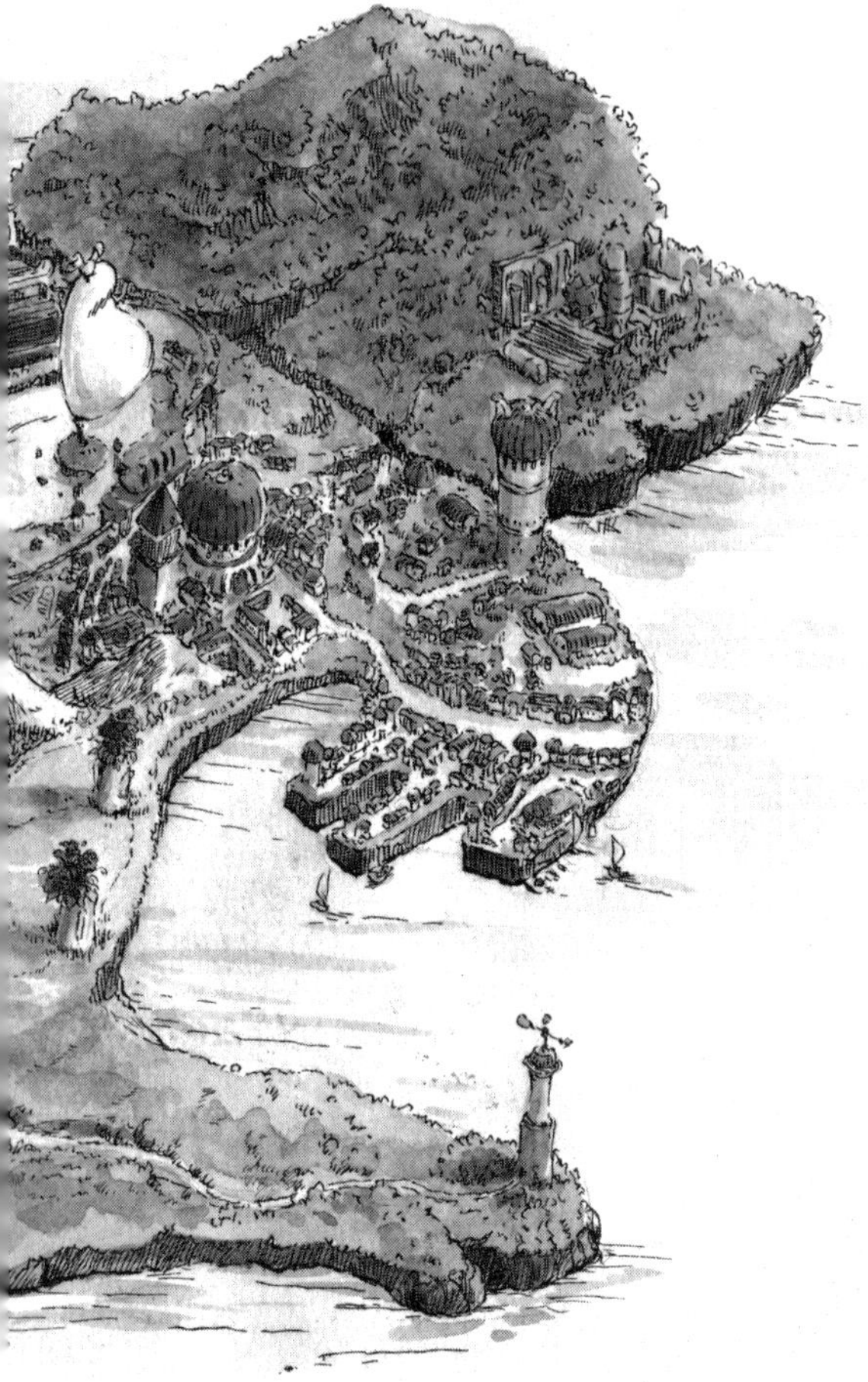

イラスト／松井雄功

そこでは犬《いぬ》たちが
まるで人間《にんげん》の世界《せかい》のように
好《す》きな町《まち》に住《す》み、好《す》きな仕事《しごと》をしながら
楽《たの》しく仲良《なかよ》く暮《く》らしています――

ある日《ひ》　犬《いぬ》の国《くに》から手《て》紙《がみ》が来《き》て

Contents《コンテンツ》

1章《しょう》

ヒロとベルーノ

～一生《いっしょう》に三回《さんかい》だけ吠《ほ》えた犬《いぬ》～

私《わたし》が心《こころ》の奥《おく》にしまっている記憶《きおく》。
それは……三歳《さんさい》のときにあった、大地震《だいじしん》。大《おお》きな揺《ゆ》れがいつまでも続《つづ》いて、怖《こわ》くて私《わたし》はぶるぶる震《ふる》えていた。お父《とう》さんがぎゅっと抱《だ》きしめてくれて、どっしりとした温《あたた》かい胸《むね》の中《なか》で私《わたし》はやっと安心《あんしん》することができたんだ。

私《わたし》の家族《かぞく》は無事《ぶじ》だったけど、一軒家《いっけんや》は壊《こわ》れて住《す》めなくなってしまった。
これからどうするんだろう……。
途方《とほう》に暮《く》れていた私《わたし》たち家族三人《かぞくさんにん》は、お父《とう》さんの実家《じっか》に避難《ひなん》することになったんだ。

おばあちゃんの住《す》んでいる町《まち》は、ちょっぴり田舎《いなか》だった。気持《きも》ちいい風《かぜ》が近《ちか》くの山《やま》から吹《ふ》いてくる。そっと耳《みみ》をすますと川《かわ》のせせらぎも聞《き》こえた。心《こころ》がすーっとした。引《ひ》っ越《こ》すのは嫌《いや》だったけど、この景色《けしき》を見《み》ていたらちょっとだけ気持《きも》ちが軽《かる》くなったんだ。

それに、これからはおばあちゃんもいっしょに暮《く》らせる！　私《わたし》たちがいっしょに住《す》むために建《た》て増《ま》ししたお家《うち》は新《あたら》しい畳《たたみ》のにおいがした。

だけど……。


ゴーン！　ゴーン！


「きゃあ！」

毎朝六時《まいあさろくじ》、鐘《かね》の音《ね》がひびく。近《ちか》くのお寺《てら》からだ。

みんなは、なにげなく聞《き》きながしてしまう音《おと》だけど……。

私《わたし》はちょっとでも大《おお》きな音《おと》がしたら、ビクッとして逃《に》げまわってしまう。地震《じしん》の影響《えいきょう》だってお父《とう》さんが言《い》ってた。大《おお》きな音《おと》が鳴《な》るたびに布団《ふとん》に入《はい》って縮《ちぢ》こまってしまうし、すっかり家《いえ》から出《で》るのも嫌《いや》になって……。

楽《たの》しみにしていた新《あたら》しい暮《く》らしも、引《ひ》きこもってばかりでちっとも面白《おもしろ》くなかった。


新《あたら》しい暮《く》らしをはじめて半年《はんとし》。

なんと、突然《とつぜん》お父《とう》さんと離《はな》れて暮《く》らすことになってしまった。

お父《とう》さんは建物《たてもの》や橋《はし》をつくる技術者《ぎじゅつしゃ》で、地震《じしん》の修復《しゅうふく》の手伝《てつだ》いのため被害《ひがい》が大《おお》きかった地《ち》域《いき》にひとりだけ引《ひ》っ越《こ》して、そこで仕事《しごと》をすることになったんだ。

「嫌《いや》！　お父《とう》さんといっしょがいい！　絶対嫌《ぜったいいや》！」

大好《だいす》きなお父《とう》さんと離《はな》れて暮《く》らすなんて耐《た》えられない。私《わたし》は大反対《だいはんたい》した。


そんなある晩《ばん》のことだった。

「遅《おそ》いわね……お父《とう》さん、なにかあったのかしら」

お母《かあ》さんが、夕食《ゆうしょく》を食卓《しょくたく》に並《なら》べながら柱時計《はしらどけい》を何度《なんど》も見上《みあ》げてる。

「引《ひ》っ越《こ》しの準備《じゅんび》が忙《いそが》しいんじゃないかね」とおばあちゃんが答《こた》えた。

お父《とう》さんの引《ひ》っ越《こ》し、私《わたし》はまだ認《みと》めてないんだからね！　と、ちょっとお母《かあ》さんたちをにらんでいると……、玄関《げんかん》の扉《とびら》が開《あ》く音《おと》がした。

「お父《とう》さんだ！　お帰《かえ》りなさい！」

私《わたし》とお母《かあ》さんが玄関《げんかん》に迎《むか》えに行《い》くと……。

お父《とう》さんの左手《ひだりて》にはいつもの黒《くろ》いかばん、そして、右手《みぎて》には白《しろ》くてふわふわモコモコしたものが見《み》えた。うわぁ〜！　ぬいぐるみのおみやげだ！

「やったー！」

私《わたし》は、お父《とう》さんにかけよった。

すると、ぬいぐるみがムクッと顔《かお》を上《あ》げた！

頑固《がんこ》そうな直《ま》っ黒《くろ》のふたつの目《め》が、こちらをジロリと見《み》る。

「うわ――――！」

思《おも》わず叫《さけ》んでしまった。

な、な、なんなの、これ!?

お父《とう》さんが連《つ》れて帰《かえ》ったのは、ぬいぐるみじゃなくて、柴犬《しばいぬ》に似《に》た、白《しろ》い犬《いぬ》だった！

「……そ、それ、本物《ほんもの》？」

一歩《いっぽ》、一歩《いっぽ》、恐《おそ》る恐《おそ》る近《ちか》づきながら聞《き》いた。

「本物《ほんもの》の犬《いぬ》だよ。触《さわ》ってみるか？」

お父《とう》さんの誘《さそ》いにのって、いっしゅん手《て》を出《だ》したけど、慌《あわ》てて引《ひ》っこめた。

「……かまない？」

「かまないよ。とってもおとなしいんだ」

白《しろ》く輝《かがや》くふわふわの毛並《けな》み。

そうっと手《て》をのばし、真綿《まわた》のような毛《け》に触《ふ》れると思《おも》わず驚《おどろ》きの声《こえ》が出《で》た。

その手触《てざわ》りのなめらかさったら！

少《すこ》し油《あぶら》っけのある毛《け》の柔《やわ》らかさ。

そしてほわっと手《て》のひらが温《あたた》かくなるような、温《ぬく》もり。

アーモンドのような形《かたち》のつぶらな瞳《ひとみ》で私《わたし》の目《め》を見《み》たまま、ピクリとも動《うご》かない。

ほんとに生《い》きてるのかな？　まるでぬいぐるみみたい！

「抱《だ》っこしても大丈夫《だいじょうぶ》？」

「できるかな？　ヒロより重《おも》いかもしれないよ」

お父《とう》さんは抱《かか》えていた犬《いぬ》を、私《わたし》の隣《となり》におろした。その子《こ》は、座布団《ざぶとん》くらい大《おお》きくて、確《たし》かに私《わたし》が抱《だ》いたら倒《たお》れちゃいそう。

うるんだその子《こ》の目《め》と私《わたし》の目《め》がピタッと合《あ》った。

そのときだった。
ドシーン！
すさまじい音《おと》とともに、家《いえ》の床《ゆか》が震《ふる》えた。
ドン、ドン、ドーン!!
「きゃあ！」
私《わたし》は耳《みみ》をふさいでしゃがみこんでしまった。こんな大《おお》きな音《おと》、あの地震《じしん》以来《いらい》だ！
ドシーン！
続《つづ》けざまに音《おと》がひびきわたり、私《わたし》は思《おも》わずそばにいた犬《いぬ》に、しがみついてしまった。
「ヒロ。大丈夫《だいじょうぶ》か？」
お父《とう》さんが心配《しんぱい》そうに言《い》った。私《わたし》は犬《いぬ》にしがみついたまま、コクリとうなずいた。
だけど……なぜだろう？
この子《こ》に抱《だ》きついていると、息苦《いきぐる》しかった呼吸《こきゅう》がスーッと楽《らく》になっていく。
トクン、トクン……。この子《こ》の体温《たいおん》と優《やさ》しい心音《しんおん》が伝《つた》わって、不思議《ふしぎ》と私《わたし》の気持《きも》ちも落《お》ち着《つ》いたんだ。

大《おお》きな音《おと》が襲《おそ》いかかってくる恐怖《きょうふ》がすーっと消《き》えた。

「そういえば今夜《こんや》、町《まち》で打《う》ちあげ花火《はなび》をするって言《い》ってたな」

お父《とう》さんは、窓《まど》から遠《とお》くの空《そら》を見上《みあ》げた。私《わたし》はこの子《こ》に抱《だ》きついたまま、次《つぎ》の音《おと》にそなえていた。

ドン！　ドン！　ドーン!!

今度《こんど》は大《おお》きな音《おと》が鳴《な》っても、前《まえ》ほど怖《こわ》くない。

クーン……？　この子《こ》が首《くび》をかしげて、心配《しんぱい》そうに私《わたし》を見《み》つめてる。

『大丈夫《だいじょうぶ》だよ、オレがついてる』

と言《い》ってくれているみたい。私《わたし》がぎゅっとしがみついても、家《いえ》が震《ふる》えるほどのすさまじい音《おと》にも動《どう》じないで、どっしりとかまえている。

お父《とう》さんが、うーんとうなって言《い》った。

「肝《きも》がすわっているなあ。ふつうは大《おお》きな音《おと》がしたら吠《ほ》えて走《はし》りまわって大変《たいへん》なのに、こいつは違《ちが》う。落《お》ち着《つ》きはらって、まったくもって頼《たの》もしい」

子犬《こいぬ》は自分《じぶん》がほめられていることに気《き》づいたのかな？　しがみついている私《わたし》に、かわい鼻《はな》を押《お》しつけてクンクンとにおいをかいだ。私《わたし》のことを確《たし》かめているのかな？

私《わたし》も、この白《しろ》くてふわふわな子《こ》のにおいをかぎ……、お互《たが》いを確認《かくにん》しあった。

「お父《とう》さん、この子《こ》の名前《なまえ》はなんていうの？」

「ベルーノだよ」


その夜《よる》、私《わたし》はなかなか寝《ね》つけなかった。

お布団《ふとん》でごそごそしていると、隣《となり》のダイニングから、お父《とう》さんの声《こえ》がもれてきた。

「いや、俺《おれ》も最初《さいしょ》は成犬《せいけん》だと思《おも》ってたから、まだ子犬《こいぬ》と聞《き》いてびっくりしたよ。大型犬《おおがたけん》だから生後半年《せいごはんとし》で、柴犬《しばいぬ》くらいの大《おお》きさになるそうだ。この犬《いぬ》の父親《ちちおや》と母親《ははおや》は、どちらも立派《りっぱ》な体格《たいかく》をしているから、必《かなら》ず大《おお》きく育《そだ》つらしい。きっといい番犬《ばんけん》になるぞ」

へー。あの子《こ》が、番犬《ばんけん》になるんだ。賢《かしこ》い子《こ》なのかな。

私《わたし》はそっと居間《いま》に近《ちか》づいてお父《とう》さんとお母《かあ》さんの話《はなし》をこっそり聞《き》いていた。

「お礼《れい》はしたの？　その飼《か》い主《ぬし》の方《かた》に」とお母《かあ》さん。

「譲《ゆず》ってくれたんだよ。〝ぜひもらってほしい。あんたが地震復興《じしんふっこう》のために尽《つ》くしてくれるというのも、なにか縁《えん》を感《かん》じとる〟って言《い》って」とお父《とう》さんが答《こた》えた。

あの地震《じしん》……思《おも》い出《だ》すだけで、体《からだ》が恐怖《きょうふ》で固《かた》まってしまう。

「縁《えん》って、どういうこと？」お母《かあ》さんが不思議《ふしぎ》そうに聞《き》いた。

「この子犬《こいぬ》はね、あの地震《じしん》が起《お》きた日《ひ》に産《う》まれたそうだ」

本当《ほんとう》？　おばあちゃんが、あの日《ひ》はここもけっこう揺《ゆ》れたって言《い》ってたけど、そんな日《ひ》にあの子犬《こいぬ》は産《う》まれたんだ……大変《たいへん》だったろうな……。

「ここらもひどいときは立《た》っていられないくらい揺《ゆ》れたらしい。だが母犬《ははいぬ》は、揺《ゆ》れるなかでお産《さん》をはじめ、何度《なんど》も襲《おそ》ってくる余震《よしん》にもまったく動《どう》じず、次々《つぎつぎ》と子犬《こいぬ》を産《う》んでいったらしい」

あの子《こ》も、地震《じしん》にあったんだ……。

アーモンド形《がた》のりりしい目《め》、つやつや光《ひか》る黒《くろ》い鼻《はな》、むっつり結《むす》ばれた口《くち》、ピンと立《た》った小《こ》ぶりの耳《みみ》、のの字《じ》に巻《ま》いたしっぽ、太《ふと》い骨《ほね》。骨格《こっかく》がしっかりしていて、なにより瞳《ひとみ》から賢《かしこ》さが伝《つた》わってくる。

明日《あした》から私《わたし》はひとりじゃない。

明日《あした》が来《く》るのが待《ま》ち遠《どお》しくなった。


翌日《よくじつ》。

「ベルーノ!!」

お父《とう》さんと庭《にわ》に出《で》た私《わたし》は、大《おお》きな声《こえ》で呼《よ》んだ！

ベルーノがまっすぐ私《わたし》を見《み》つめて走《はし》ってくる！

ベルーノって名前《なまえ》は、前《まえ》の飼《か》い主《ぬし》さんがつけたんだって。

お父《とう》さんは苗木《なえぎ》を手《て》にしていた。

その苗木《なえぎ》には、かわいらしい赤《あか》い実《み》がなっていた。

「これ、なんの苗《なえ》なの？」

「ひめりんごの苗木《なえぎ》だよ。飼《か》い主《ぬし》さんにもらったんだ。ベルーノの母親《ははおや》はこの実《み》が大好物《だいこうぶつ》なんだそうだ」

「お母《かあ》さんが好《す》きなら、ベルーノも好《す》きかな」

「そうかもな。飼《か》い主《ぬし》さんは、ベルーノが強《つよ》く優《やさ》しくたくましい犬《いぬ》に育《そだ》つようにって、願《ねが》っていたよ。震災《しんさい》のなかでベルーノを産《う》んだ強《つよ》いお母《かあ》さんのようにね」

「ヒロ。苗木《なえぎ》は好《す》きなところに植《う》えていいぞ」

お父《とう》さんにそう言《い》われると、私《わたし》はぐるりと庭《にわ》を見渡《みわた》した。

どこがいいかな……そうだ！

「ここがいい！」

と、私《わたし》は庭《にわ》の、ど真《ま》ん中《なか》を指《ゆび》さした。

ここに大《おお》きなひめりんごの樹《き》が育《そだ》って、たくさん花《はな》が咲《さ》けば、たくさんの実《み》がなる！

「ここでベルーノのために、ひめりんごを育《そだ》てるんだ」

私《わたし》はワクワクしてきた。


ベルーノが家《いえ》に来《き》てから三日後《みっかご》。

ついに、お父《とう》さんが被災地《ひさいち》に旅立《たびだ》つ日《ひ》がやってきてしまった。私《わたし》はとても寂《さび》しかった。

お父《とう》さんと離《はな》れて暮《く》らすなんて……。寂《さび》しくて考《かんが》えるだけで涙《なみだ》が出《で》てきそうになる。私《わたし》は

迎《むか》えの車《くるま》に乗《の》りこもうとするお父《とう》さんに向《む》かって、

「ヒロもいっしょに連《つ》れてって！」

と、泣《な》きわめいた。だって、お父《とう》さんと離《はな》れて暮《く》らすなんて、やっぱり嫌《いや》！

するとベルーノが私《わたし》にすり寄《よ》ってきたんだ。私《わたし》のまわりをウロウロ行《い》ったり来《き》たりして、ふわふわの毛並《けな》みが私《わたし》の手足《てあし》を何度《なんど》もなでてくる。

すると……なぜだろう……。

すぅーっと気持《きも》ちが落《お》ち着《つ》いて、私《わたし》はいつのまにか、泣《な》きやんでいた。

お父《とう》さんは悲《かな》しそうだったけど、ちょっとだけほっとしたようで、ベルーノをくしゃくしゃになでながら、

「ベルーノ、ヒロのことは任《まか》せたぞ。しっかり守《まも》ってくれよ」

そして、私《わたし》とお母《かあ》さん、おばあちゃんにいつもの優《やさ》しい笑顔《えがお》で、

「それじゃ、いってきます」

と挨拶《あいさつ》し、出張先《しゅっちょうさき》へ向《む》かった。

お父《とう》さんが仕事《しごと》で家《いえ》を離《はな》れてからというもの、私《わたし》は毎日《まいにち》、いつでもどこでもベルーノといっしょに過《す》ごした。ベルーノは私《わたし》の大親友《だいしんゆう》！

おばあちゃんとお母《かあ》さんは、ベルーノが来《き》てくれて、すごく助《たす》かったんだって。私《わたし》のお守《も》りはベルーノに任《まか》せっきりみたいなものだったから。

私《わたし》とベルーノのお気《き》に入《い》りの遊《あそ》びは、なんといっても追《お》いかけっこだった。なにもなかった庭《にわ》には、今《いま》では芝生《しばふ》が青々《あおあお》と生《は》えていた。はだしで立《た》つと足《あし》の裏《うら》がとっても気持《きも》ちいいの！　ひんやりとした草《くさ》が土踏《つちふ》まずをくすぐってくる。楽《たの》しくて、飛《と》び跳《は》ねてるベルーノを追《お》いかけていると、あっという間《ま》に一日《いちにち》が過《す》ぎてしまうくらい。

庭《にわ》の真《ま》ん中《なか》にお父《とう》さんが植《う》えたひめりんごの苗木《なえぎ》をよけようとして、私《わたし》は何度《なんど》転《ころ》んだことか。

「いったーい！　もう誰《だれ》？　こんな庭《にわ》の真《ま》ん中《なか》に大《おお》きな木《き》を植《う》えるなんて！」

ベルーノがこっちをじっと見《み》ている。

そうだ！　私《わたし》だった！

すばしっこいベルーノを追《お》いかけるたびに、私《わたし》はよく転《ころ》んだ。痛《いた》くて泣《な》きそうになるんだけど。泣《な》きだす前《まえ》に、ベルーノが心配《しんぱい》した顔《かお》ですり寄《よ》ってきてくれるんだ。

「クゥーン……ペロッ」

痛《いた》そうにひざをさすっていると、ベルーノがなめてくれる。すると、不思議《ふしぎ》と傷《きず》の痛《いた》みがやわらいで、ケロッと忘《わす》れてしまうんだ。


「ゴ――――ン！」

お昼《ひる》の十二時《じゅうにじ》になると、近《ちか》くのお寺《てら》が正午《しょうご》を知《し》らせる鐘《かね》をつく。

いまだに大《おお》きな音《おと》が苦手《にがて》だから、私《わたし》はビクッと震《ふる》えてその場《ば》から逃《に》げだしそうになる。

でも、前《まえ》みたいにお布団《ふとん》をかぶって丸《まる》くなったりはしない。だって、いつもベルーノがそばにいてくれるから。

ビクッと私《わたし》が体《からだ》を硬《かた》くすると、ベルーノがすぐに温《あたた》かくてほわほわの毛並《けな》みをピタッと私《わたし》にくっつけてくれるんだ。そして、じっと私《わたし》の目《め》を見《み》つめる。

『オレにしがみつけよ』というベルーノの合図《あいず》。

私《わたし》は片方《かたほう》の耳《みみ》を手《て》でおおい、片方《かたほう》の耳《みみ》をベルーノの体《からだ》に押《お》しつけるんだ。すると、息苦《いきぐる》しかった呼吸《こきゅう》がみるみる楽《らく》になる。ベルーノの体温《たいおん》が伝《つた》わってくると、大《おお》きな音《おと》が襲《おそ》いかかってくる恐怖《きょうふ》も、すうっとうすれていくのを感《かん》じるから不思議《ふしぎ》だ。

半年《はんとし》が過《す》ぎて、ベルーノは一歳《いっさい》になった。

体重《たいじゅう》ははじめて家《いえ》に来《き》たときから二倍《にばい》に増《ふ》え、体《からだ》の高《たか》さもぐんぐん伸《の》びた。

「うん、ベルーノは、もう立派《りっぱ》な番犬《ばんけん》だね！　おっきくって、堂々《どうどう》としてる」

私《わたし》は満足《まんぞく》げにベルーノの背中《せなか》をさすった。

ところが……番犬《ばんけん》と呼《よ》ぶには、ひとつだけ大《おお》きな問題《もんだい》があったんだ。

なんと、ベルーノは一回《いっかい》も吠《ほ》えないの！　お隣《となり》さんが回覧板《かいらんばん》を持《も》ってきても、ベルーノはだんまり。だから誰《だれ》も、お隣《となり》さんに気《き》づかない。新聞《しんぶん》が郵便受《ゆうびんう》けに投《な》げこまれても、知《し》らん顔《かお》。

あやしげな男《おとこ》の人《ひと》が家《いえ》の前《まえ》をうろついていても、のんきにあくびをするしまつ。

これじゃあおとなしすぎて、番犬《ばんけん》なんてできないよ！

ベルーノが吠《ほ》えないのは、もしかして耳《みみ》の病気《びょうき》なのかなと最初《さいしょ》は心配《しんぱい》した。でも、耳《みみ》が聞《き》こえていないはずはない。名前《なまえ》を呼《よ》べばすぐ来《く》るし、大《おお》きな音《おと》から私《わたし》を守《まも》ってくれる。だとしたら、声《こえ》が出《だ》せないのかもしれない。獣医《じゅうい》さんに診《み》てもらったけど、ベルーノの声帯《せいたい》に異常《いじょう》は見《み》つからなかった。

「大型犬《おおがたけん》は、あまり吠《ほ》えない犬《いぬ》が多《おお》いんです。また成長《せいちょう》に時間《じかん》がかかるので、大人《おとな》になれば吠《ほ》えるようになるかもしれないね。もう少《すこ》し様子《ようす》をみましょう」

という診断結果《しんだんけっか》だった。

次《つぎ》の年《とし》の夏《なつ》、私《わたし》は五歳《ごさい》になった。

いつものように、遊《あそ》びつかれてベルーノと昼寝《ひるね》をしていると、

「ただいまー」

なつかしい低《ひく》い声《こえ》が聞《き》こえた。

お父《とう》さんだ!!!

私《わたし》はマッハの速《はや》さで飛《と》び起《お》きた。お父《とう》さんが、夏休《なつやす》みで帰《かえ》ってきたんだ!

翌朝《よくあさ》、うれしくてうれしくて、私《わたし》はいつもよりうんと早起《はやお》きをした。前《まえ》からずっとしたかったことがあったから。それは、ベルーノ、大《おお》きくなったな」散歩《さんぽ》にお父《とう》さんといっしょに行《い》くこと。

「あれから一年《いちねん》たつのか……ベルーノ、大《おお》きくなったな」

お父《とう》さんは、ベルーノをしげしげとながめた。

ベルーノの体重《たいじゅう》は、もうすでに三十五《さんじゅうご》キロ。私《わたし》よりずっと重《おも》い。

「ヒロ、今日《きょう》は少《すこ》し遠《とお》くまで散歩《さんぽ》に行《い》かないか？」

「いいよ！」

お父《とう》さんの大《おお》きくてごつごつした手《て》が私《わたし》の手《て》を優《やさ》しくにぎった。私《わたし》たちは、なだらかな山道《やまみち》を下《くだ》りはじめた。

ふたりで歌《うた》ってしゃべって笑《わら》って、十五分《じゅうごふん》も歩《ある》いたころに、小高《こだか》い土手《どて》が見《み》えてきた。

え！　ちょっと待《ま》って！

ふわりと私《わたし》の体《からだ》が宙《ちゅう》に浮《う》いた。お父《とう》さんは私《わたし》を片手《かたて》で抱《だ》きかかえ、土手《どて》を登《のぼ》りはじめた。

「ヒロもずいぶん重《おも》くなったなあ。ご飯《はん》しっかり食《た》べてるな」

「うん！」

ベルーノと毎日走《まいにちはし》りまわって遊《あそ》ぶからとてもお腹《なか》がすくようになった。ご飯《はん》をたくさん食《た》べられるようになったのはベルーノのおかげ！

ふと、ベルーノを見《み》ると、うらめしそうな目《め》つきで私《わたし》を見《み》ていた。

『ねえヒロ。オレがいることを忘《わす》れてない？』

と、くりくりの瞳《ひとみ》をしょぼつかせて訴《うった》えているようだった。

ぶはっ。

思《おも》わず笑《わら》っちゃった！

だって、私《わたし》とお父《とう》さんがあんまり楽《たの》しそうだったので、ベルーノがやきもちをやいているみたいなんだもん。ベルーノったら、かわいい！

土手《どて》を越《こ》えると広々《ひろびろ》とした牧場《ぼくじょう》が現《あらわ》れた。

「きれーい！」

抜《ぬ》けるような青《あお》い空《そら》の下《もと》、深《ふか》い緑《みどり》が風《かぜ》になびいていた。なんて広《ひろ》くて、のびのびしたところ！　思《おも》いっきり深呼吸《しんこきゅう》すると、草《くさ》の香《かお》りが胸《むね》の中《なか》にいっぱいに広《ひろ》がる。早起《はやお》きしてお父《とう》さんとお散歩《さんぽ》してよかった！

「ヒロ。牛乳《ぎゅうにゅう》、飲《の》むか？」

「うん！」

お父《とう》さんは、牧場《ぼくじょう》のなかにポツンと建《た》っている小屋《こや》に歩《ある》いていった。そして、

「お〜い！」

と、小屋《こや》に向《む》けて声《こえ》をはりあげた。

すると、遠《とお》くにいたおじさんが振《ふ》り返《かえ》り、

「おお！　いつ帰《かえ》ってきた」

と満面《まんめん》の笑《え》みで、かけよってきたんだ。

まだちょっと人見知《ひとみし》りだった私《わたし》は、知《し》らない人《ひと》が怖《こわ》くて……ベルーノの陰《かげ》に隠《かく》れるように立《た》った。するとベルーノはパタパタとしっぽを振《ふ》った。まるで、

『大丈夫《だいじょうぶ》だよ！　オレがついている』

そんな風《ふう》に言《い》っているみたいだった。

牧場《ぼくじょう》のおじさんは、お父《とう》さんの幼《おさな》なじみだったみたい。

「牛乳《ぎゅうにゅう》を分《わ》けてもらえないかと思《おも》って」

「とびきり美味《うま》いのを飲《の》ませるよ。ヒロちゃんも元気《げんき》そうだ。ところで、仕事《しごと》はどうなんだ？　被災地《ひさいち》の復興《ふっこう》は？」

「いやあ……いろいろ問題《もんだい》があって……」

ふたりは深刻《しんこく》な顔《かお》で、話《はなし》をはじめた。

むずかしい大人《おとな》の会話《かいわ》は、聞《き》いてもさっぱりわからない。仲間《なかま》はずれになったみたいでつまんないから、牧場《ぼくじょう》の景色《けしき》をぼーっと見《み》ていた。

すると、柵《さく》の向《む》こうで草《くさ》を食《た》べている牛《うし》の群《む》れが目《め》に飛《と》びこんできた。

本物《ほんもの》の牛《うし》だ！　ゆさゆさと体《からだ》を揺《ゆ》らしながら草《くさ》をおいしそうに食《た》べてる。

もっと近《ちか》くで見《み》たい……。

でも、お父《とう》さんたちは話《はなし》に夢中《むちゅう》で呼《よ》びかけても気《き》づいてくれないし、ベルーノは木陰《こかげ》でうとうとしている。私《わたし》はひとりで柵《さく》に近《ちか》づいた。ベルーノやお父《とう》さんたちからだいぶ離《はな》れたところで、柵《さく》から身《み》を乗《の》りだし、食《く》い入《い》るように牛《うし》を見《み》た。

はじめて見《み》る、本物《ほんもの》の牛《うし》！

大《おお》きい!!!　大型犬《おおがたけん》のベルーノが小《ちい》さく見《み》えてくるくらい、どっしりしている。
でも、なんてキレイな目《め》をしているんだろう。黒《くろ》くてつややかな、つぶらな瞳《ひとみ》……。
私《わたし》は、群《む》れの中《なか》の一頭《いっとう》に見《み》とれていた。
すると、なんと、その牛《うし》が私《わたし》に向《む》かって歩《ある》いてきたのだ!!
次《つぎ》の瞬間《しゅんかん》!
「ギャー!」
私《わたし》の叫《さけ》び声《ごえ》が草原《そうげん》にひびきわたる。
牛《うし》が私《わたし》の顔《かお》をベロ～ンと、なめたんだ!!!
怖《こわ》くて逃《に》げようとしたけど、足《あし》がすくんで動《うご》けない。
「どうしたヒロ!」
お父《とう》さんとおじさんが慌《あわ》てて走《はし》ってくる。牛《うし》がまた私《わたし》をなめようとしたとき、
ビューン!
と、まるで矢《や》のように走《はし》ってくる白《しろ》いかたまりが見《み》えた。ベルーノだ!!
ふたりを追《お》い越《こ》しベルーノは猛《もう》ダッシュした!

すばやく、牛《うし》の前《まえ》に立《た》ちはだかり、

「ヴォワンッ！」

と、勇《いさ》ましく吠《ほ》え、今《いま》にも牛《うし》に飛《と》びかかろうとした！

ベルーノのすさまじい気迫《きはく》に恐《おそ》れをなした牛《うし》は、後《あと》ずさりで柵《さく》から離《はな》れ、背中《せなか》をまるめて群《む》れに戻《もど》って行《い》った。

牛《うし》が去《さ》ると、いつもの穏《おだ》やかなベルーノに戻《もど》って、私《わたし》に体《からだ》を寄《よ》せてきた。

緊張《きんちょう》の糸《いと》がぷつんと切《き》れた私《わたし》は、私《わたし》はベルーノの首《くび》にしがみついて、

「怖《こわ》かったよお……」

と、泣《な》きじゃくってしまった。だって、あんなに大《おお》きな生《い》き物《もの》に顔《かお》をなめられたんだもの。

びっくりして…息《いき》が…止《と》まるかと思《おも》った。

「ベルーノォ…うぅ…ぐすん…」

そこへ、お父《とう》さんが息《いき》を切《き》らせてかけてきた。

「す、すまん、ヒロ！　大丈夫《だいじょうぶ》か？　ケガしてないか？」

と、顔《かお》をのぞきこんで抱《だ》きしめてくれた。

「ベルーノ、助《たす》かった、ありがとう」

両手《りょうて》を腰《こし》に、とぎれとぎれの息《いき》で、お父《とう》さんはベルーノにお礼《れい》を言《い》った。

それから私《わたし》に向《む》かって、

「聞《き》いたかヒロ、さっきの！　ベルーノが吠《ほ》えたぞ！」と、目《め》を輝《かがや》かせた。

えっ？

ボロボロこぼれ落《お》ちていた涙《なみだ》が、ぴたりと止《と》まった。

そういえばさっき……ベルーノが牛《うし》に向《む》かって吠《ほ》えてた……！　一度《いちど》も吠《ほ》えたことがなかったベルーノが、確《たし》かに吠《ほ》えたんだ。

しかもそのひと声《こえ》で、ベルーノの何倍《なんばい》も大《おお》きな牛《うし》を追《お》い払《はら》ってしまった。

飛《と》びかかろうとしていたけど、本当《ほんとう》に戦《たたか》っていたら体《からだ》の大《おお》きさから勝《か》てなかったかもしれない。でも、ベルーノは私《わたし》を守《まも》るために、命《いのち》がけで立《た》ち向《む》かっていったんだ……。

「ありがとう。私《わたし》を守《まも》るために……」

私《わたし》は、ベルーノのたくましい横顔《よこがお》を何度《なんど》もなでた。

ベルーノはチラリと横目《よこめ》で私《わたし》を見《み》て、いつものようにパタパタとしっぽを振《ふ》った。

まるで、えっへん！　って言《い》っているみたいに。


でもベルーノが吠《ほ》えたのは、この一度《いちど》きりだった。

この日以来《ひいらい》、ベルーノはまたいつもの、吠《ほ》えない番犬《ばんけん》に戻《もど》ってしまったのだ。


私《わたし》は小学校《しょうがっこう》に入学《にゅうがく》した。

ちょうどそのころ、おばあちゃんが病気《びょうき》で入院《にゅういん》してしまった。お母《かあ》さんは、おばあちゃんの病院《びょういん》に毎日《まいにち》のように通《かよ》って忙《いそが》しくなった。お見舞《みま》いだけじゃなく、仕事《しごと》や家事《かじ》もしなければいけない。私《わたし》もお母《かあ》さんのためになにかしなくちゃと思《おも》った。

お母《かあ》さんと相談《そうだん》してベルーノの散歩《さんぽ》は、私《わたし》がひとりで連《つ》れていくことになった。

「もう小学生《しょうがくせい》だもん。ひとりで大丈夫《だいじょうぶ》だよ」

心配《しんぱい》させたくなかったからそう言《い》ったけど、お母《かあ》さんはやっぱり不安気《ふあんげ》な顔《かお》をしていた。

だって、小学一年生《しょうがくいちねんせい》の私《わたし》の体重《たいじゅう》は、二十《にじっ》キロもない。

ベルーノはますます成長《せいちょう》して、四十《よんじっ》キロを超《こ》えていた。私《わたし》の二倍《にばい》も重《おも》い！

この体格差《たいかくさ》で、もしリードを引《ひ》っ張《ぱ》られてしまったらとてもかなわない。引《ひ》きずられてケガをしないか……と、お母《かあ》さんは不安《ふあん》でたまらないのだ。

でも、ベルーノにかぎって、その心配《しんぱい》はないもんね。

ベルーノは、私《わたし》と歩幅《ほはば》をあわせ、そしてほんのちょっと後《うし》ろを歩《ある》いてくれるんだ。私《わたし》が歩《ある》きやすいように思《おも》いやってくれる。私《わたし》はそんなベルーノが自慢《じまん》だった。

小学校《しょうがっこう》へ通《かよ》うようになってから、ベルーノと過《す》ごす時間《じかん》は前《まえ》に比《くら》べてだいぶ短《みじか》くなっていった。朝《あさ》から夕方《ゆうがた》まで学校《がっこう》だし、そのあと夕《ゆう》ご飯《はん》まで友達《ともだち》の家《いえ》に遊《あそ》びに行《い》くこともある。

小学生《しょうがくせい》だって、友達付《ともだちづ》き合《あ》いが大切《たいせつ》だからね。引《ひ》っこみ思案《じあん》だったから学校《がっこう》で友達《ともだち》ができるか心配《しんぱい》だったけど、心配無用《しんぱいむよう》だった。理由《りゆう》は、ベルーノのおかげ。友達《ともだち》と犬《いぬ》を飼《か》っている話《はなし》で盛《も》り上《あ》がることができたから！　少《すこ》しだけ社交的《しゃこうてき》になった私《わたし》は仲良《なかよ》しグループの友達《ともだち》ができて本当《ほんとう》にうれしかった。

そんなわけで、大好《だいす》きなベルーノとの時間《じかん》が減《へ》ってしまった。

だからお散歩《さんぽ》は、ふたりだけになれる大切《たいせつ》な時間《じかん》。

友達《ともだち》とおしゃべりするみたいに、ベルーノに話《はな》しかけながら散歩《さんぽ》する。その日《ひ》、学校《がっこう》で起《お》きた出来事《できごと》を報告《ほうこく》するんだ。うれしいことも、面白《おもしろ》かったことも、悲《かな》しいことも、恥《は》ずかしかった失敗《しっぱい》も、お母《かあ》さんに言《い》えない悩《なや》みも、あらいざらい聞《き》いてもらっていた。

ベルーノは私《わたし》をじっと見《み》つめてくれるんだ。まるで、熱心《ねっしん》に耳《みみ》をかたむけてくれるみたいに。散歩《さんぽ》が終《お》わると、体《からだ》も心《こころ》もすっきりして、明日《あした》もがんばろうって思《おも》えるんだ。

おやつも、ベルーノと私《わたし》の大切《たいせつ》な時間《じかん》！

週末《しゅうまつ》は午後三時《ごごさんじ》に、ふたりでおやつを食《た》べることにしてるの。私《わたし》もベルーノも食《た》べられるような、季節《きせつ》の果物《くだもの》や野菜《やさい》をお母《かあ》さんが用意《ようい》してくれるの！　みかん、りんご、なし、もも、すいか、くり、さつまいも……。

ベルーノは、お母《かあ》さんが台所《だいどころ》に立《た》っておやつの用意《ようい》をはじめると、そわそわ待《ま》ちきれない感《かん》じになるの。それがとってもかわいいんだ！　居間《いま》に座《すわ》って本《ほん》を読《よ》んでいる私《わたし》と、台《だい》所《どころ》のお母《かあ》さんのあいだを、大《おお》きな体《からだ》で行《い》ったり来《き》たり、まったく落《お》ち着《つ》きがないの。

「ほんとにベルーノは食《く》いしんぼなんだから」

お母《かあ》さんが、大《おお》きなお盆《ぼん》にお皿《さら》をふたつ並《なら》べて居間《いま》に入《はい》ってくると、ベルーノはしっぽを根元《ねもと》からぐるぐる振《ふ》りまわす。

ブン、ブルン！

体《からだ》じゅうで『うれしい』って言《い》っているみたい。ベルーノのくりくりした瞳《ひとみ》は、お皿《さら》の上《うえ》にのっているおやつにくぎづけ！『今日《きょう》のおやつはなに？　早《はや》く見《み》せて』って、らんらんと目《め》を輝《かがや》かす。

なにがでても喜《よろこ》んで食《た》べるけど、それが、りんごだったとき、ベルーノの目《め》の色《いろ》がさらにキラキラに変《か》わるんだ。

「来《き》たよー！　ベルーノの大好物《だいこうぶつ》」

お母《かあ》さんがりんごののったお皿《さら》をベルーノの目《め》の前《まえ》に置《お》いたとたん……。

シャクシャクシャク、シャリシャリシャリッ……。

ベルーノは脇目《わきめ》もふらず、猛烈《もうれつ》ないきおいで食《た》べはじめるんだ。まず、鋭《するど》い犬歯《けんし》を立《た》てて大《おお》きくくだき、みずみずしい音《おと》をたてて、噛《か》みながらごくりと飲《の》みこむ。

ほんの数秒《すうびょう》で、りんごが跡形《あとかた》もなくなり、ベルーノのお皿《さら》はきれいになめあげられる。

私《わたし》はひと口《くち》めのりんごを、まだ噛《か》んでいるのに……。

ふだんは自分《じぶん》のおやつを食《た》べ終《お》えると、満足《まんぞく》そうに腹《はら》ばいになって寝《ね》てしまうけど、りんごのときはそうはいかない！　物足《ものた》りなさそうにお座《すわ》りして、私《わたし》のお皿《さら》に残《のこ》っているりんごに熱《あつ》い視線《しせん》をそそぐ。

私《わたし》の顔《かお》をせつなげにチラッと見《み》て、もっとりんご欲《ほ》しいよアピールをしてくるんだ。

『ヒロのお皿《さら》にりんごが残《のこ》ってるよ。オレ、食《た》べてあげるけど…』

いつも堂々《どうどう》と胸《むね》をはって私《わたし》を守《まも》ってくれるベルーノが、このときばかりは弟《おとうと》のようにかわいくて思《おも》わず笑《わら》ってしまう。ひと切《き》れだけりんごを食《た》べて、残《のこ》りはぜんぶベルーノのお皿《さら》にのせてあげるのが、いつものお約束《やくそく》なんだ。お母《かあ》さんに見《み》つからないようにね。

私《わたし》のりんごをお皿《さら》にのせると、ベルーノは、上目《うわめ》づかいで『ホントにもらっていいのか？』と、私《わたし》に確《たし》かめる。

私《わたし》がにっこり小《ち》さくうなずくと、ベルーノはまたいきおいよく、お皿《さら》に顔《かお》をうずめるの。

ベルーノと私《わたし》はいつもいっしょ。

私《わたし》が十歳《じっさい》になったとき、それまでゆっくり成長《せいちょう》を続《つづ》けていたベルーノの体重《たいじゅう》が五十《ごじっ》キロで落《お》ち着《つ》いた。大人《おとな》になれば吠《ほ》えるかもしれないと聞《き》いていたけど、大《おお》きくなってもやはり吠《ほ》えないまま。

私《わたし》が五歳《ごさい》のとき、牛《うし》に向《む》かって吠《ほ》えたきり、ベルーノは一度《いちど》も吠《ほ》えなかった。私《わたし》を助《たす》けるために一度《いちど》吠《ほ》えたのが、最初《さいしょ》で最後《さいご》。

「ベルーノは無口《むくち》さんなのね」と、お母《かあ》さん。

だから私《わたし》はベルーノのかわりに言《い》い返《かえ》してあげるんだ。

「私《わたし》はおしゃべりな男《おとこ》の子《こ》より、静《しず》かな子《こ》のほうが好《す》きだもん」

おばあちゃんとお母《かあ》さんが、今《いま》でも言《い》っていること。

ベルーノが家《いえ》に来《き》てから、私《わたし》は別人《べつじん》のようにどんどん明《あか》るくなったんだって！

「この家《いえ》に引《ひ》っ越《こ》してきたばかりのころ、ヒロはしゃべりもせず、お寺《てら》の鐘《かね》が鳴《な》るたびにお部屋《へや》にこもっちゃったねえ」

私《わたし》が恥《は》ずかしそうにしていると、お母《かあ》さんも話《はなし》に加《くわ》わってくる。

「お父《とう》さんがベルーノを連《つ》れてきてくれて本当《ほんとう》に助《たす》かったわ。お父《とう》さんがいなくなったあと、ヒロがメソメソ泣《な》いて大変《たいへん》だろうなって覚悟《かくご》していたけど、あんがいケロッとして、毎日《まいにち》、ベルーノと楽《たの》しそうに遊《あそ》んでいたわよね。お母《かあ》さん、ヒロがお父《とう》さんのこと忘《わす》れたかと心配《しんぱい》しちゃった」

おばあちゃんとお母《かあ》さんは、顔《かお》を見合《みあ》わせてクスクス笑《わら》う。

「もう！　そんな小《ちい》さなころのこと言《い》わないでよ」私《わたし》は照《て》れて言《い》った。

でも……ふたりが言《い》う通《とお》り引《ひ》っ越《こ》してきたばかりの幼《おさな》い私《わたし》は、聞《き》き取《と》れないくらい、かぼそい声《こえ》でぼそぼそとしゃべるような子《こ》だった。

今《いま》、学校《がっこう》でハキハキと話《はな》すようになり、ご近所《きんじょ》の人《ひと》に明《あか》るく挨拶《あいさつ》ができるようになり、友達《ともだち》と元気《げんき》いっぱい外《そと》で遊《あそ》ぶようになり、よく笑《わら》うようになり、ご飯《はん》もたくさん食《た》べるようになったのは、ベルーノがこの家《いえ》に来《き》てからだ。自分《じぶん》でもよくわかっていた。

ベルーノがいてくれなかったら、私《わたし》は、内気《うちき》でくよくよした性格《せいかく》のまま、毎日家《まいにちいえ》にこもりっきりだったんだろうな。

その年《とし》は、記録的《きろくてき》な猛暑《もうしょ》だった。

夏休《なつやす》みに入《はい》ると、連日《れんじつ》の猛暑《もうしょ》で、ベルーノはぐったりとバテていた。

「大型犬《おおがたけん》は暑《あつ》さに弱《よわ》いって獣医《じゅうい》さんがおっしゃってたけど、ベルーノほど大《おお》きい子《こ》は、なおさらダメージを受《う》けるのかもしれないわね」

お母《かあ》さんが心配《しんぱい》そうに言《い》った。

そうなんだ……。不安《ふあん》になってベルーノのそばに座《すわ》った。

ハッハッハッ……。

冷《つめ》たい板張《いたば》りの床《ゆか》に腹《はら》ばいになって舌《した》を出《だ》し、こまかく息《いき》をして体温《たいおん》を下《さ》げている。

大丈夫《だいじょうぶ》かな……。

ベルーノはとても苦《くる》しそうに息《いき》をしていて、見《み》ていられない。

なにかできることないかな……？

そうだ！

私《わたし》はベルーノのために、日《ひ》に何度《なんど》か、庭《にわ》に水《みず》をまくことにした。水《みず》をまいて地面《じめん》の温度《おんど》を下《さ》げれば、いくらか涼《すず》しくなるかもしれない。

ふと庭《にわ》の真《ま》ん中《なか》を見《み》ると、ひめりんごが小《ちい》さな木陰《こかげ》をつくっていた。お父《とう》さんがベルーノといっしょにもらってきたものだ。三歳《さんさい》のとき植《う》えた三十《さんじっ》センチほどの苗木《なえぎ》が、お父《とう》さんの背丈《せたけ》を超《こ》える高《たか》さに育《そだ》っていた。

もう七年《しちねん》たったんだ……。ベルーノが家《いえ》に来《き》てから、あっという間《ま》だ。

ひめりんごの樹《き》は、春《はる》、真《ま》っ白《しろ》な花《はな》が咲《さ》き、私《わたし》が大好《だいす》きな甘《あま》い香《かお》りをただよわせる。秋《あき》は、赤《あか》い小《ちい》さな実《み》がなる。早《はや》く秋《あき》にならないかな……。ベルーノにいっぱいりんごを食《た》べさせてあげたい。それに早《はや》く涼《すず》しくなってくれないとベルーノが暑《あつ》さで倒《たお》れちゃう。

わが家《や》のひめりんごの樹《き》のそばには、カイドウが植《う》えてある。

りんごが大好《だいす》きなベルーノは、ひめりんごの実《み》ももちろん大好《だいす》き。でも、うちのひめりんごの樹《き》は毎年《まいとし》三十個《さんじっこ》くらいしか実《み》がつかないの。私《わたし》はもっと実《み》をつける方法《ほうほう》がないか調《しら》べた。だってベルーノにもっといっぱい食《た》べさせてあげたかったから。

すると、カイドウという木《き》をそばに植《う》えると実《み》がつきやすくなる、とわかったんだ。

さっそくお母《かあ》さんにお願《ねが》いしてカイドウをうちのひめりんごの隣《となり》に植《う》えた。いっぱい実《み》がなりますように、ってお願《ねが》いしながら。

今年《ことし》の春《はる》は、ひめりんごの白《しろ》い花《はな》に加《くわ》えて、カイドウのピンク色《いろ》の花《はな》も一気《いっき》に咲《さ》いた。

うちの庭《にわ》がさらに明《あか》るくなり、秋《あき》の収穫《しゅうかく》を想像《そうぞう》して私《わたし》は、むふふと笑《わら》った。

「今年《ことし》は、ベルーノに好《す》きなだけひめりんごの実《み》を食《た》べさせてあげられるぞ！」


夏休《なつやす》みも半分過《はんぶんす》ぎて、その日《ひ》は息苦《いきぐる》しいほど暑《あつ》かった。

太陽《たいよう》がかたむきはじめても気温《きおん》はなかなか下《さ》がらず、やっと少《すこ》し涼《すず》しくなったうす闇《やみ》ごろ、ベルーノと散歩《さんぽ》に出《で》た。

「今日《きょう》は特《とく》に暑《あつ》いね、ベルーノ、大丈夫《だいじょうぶ》？」

聞《き》こえているのかいないのか、ベルーノはけだるそうに歩《ある》いている。

たまに吹《ふ》く風《かぜ》もなまぬるく、少《すこ》し歩《ある》いただけで汗《あせ》びっしょりになってしまう。ふわふわの毛並《けな》みのベルーノはどれだけ暑《あつ》いんだろう。

ゆっくり散歩《さんぽ》を続《つづ》けるうち、ますます暗《くら》くなってきた。山道《やまみち》を通《とお》るいつものベルーノの散歩《さんぽ》コースは街灯《がいとう》がひとつもない。日《ひ》が暮《く》れると、真《ま》っ暗闇《くらやみ》になってしまう。

「ベルーノ、今日《きょう》はもう、家《いえ》に帰《かえ》ろうか」

と、後《うし》ろを歩《ある》いていたベルーノを振《ふ》り返《かえ》ると……。
ヴォワンッ！
ベルーノが鋭《するど》い目《め》つきで私《わたし》の背後《はいご》をにらみつけ、突然《とつぜん》勇《いさ》ましく吠《ほ》えた。
「どうしたの？」
振《ふ》り向《む》きざまに私《わたし》は激《はげ》しい光《ひかり》で目《め》がくらんだ。
……すると。
ドスンッ！
私《わたし》の体《からだ》は、なにかにぶつかって飛《と》ばされた。
キキキキ――ッ！
かん高《だか》い嫌《いや》な音《おと》がひびきわたった。
え……？　なにが起《お》こったの……？
恐《おそ》る恐《おそ》る顔《かお》を上《あ》げると、ベルーノが車《くるま》のヘッドライトに照《て》らされて横《よこ》たわっていた。
「ベルーノッ!!」
私《わたし》はベルーノにかけよった。

「ベルーノ、ベルーノ！　どうしたの⁉」

ブルンブルブルン　キーッ！

車《くるま》が急発進《きゅうはっしん》していく。

ひき逃《に》げだ……‼

「ベルーノ、しっかりして！　ねえ、目《め》を開《あ》けて！」

必死《ひっし》でベルーノに話《はな》しかけた。

するとベルーノはチラリと横目《よこめ》で私《わたし》を見《み》て、頬《ほお》をゆるめた。

だけど……穏《おだ》やかな顔《かお》のまま、ゆっくりとまぶたを閉《と》じてしまった。

「やだー！　ベルーノ、死《し》んじゃやだめー！」

ありったけの力《ちから》で、ベルーノを抱《だ》きしめた。

でも、私《わたし》を救《すく》ってくれたベルーノの温《ぬく》もりが消《き》えていくことだけが、ただはっきりわかったんだ……。

ベルーノは優《すぐ》れた聴覚《ちょうかく》で、私《わたし》に向《む》かってくる車《くるま》の音《おと》を聞《き》きとっていたのだろう。

きっとあのとき吠《ほ》えたのは、私《わたし》に危険《きけん》を知《し》らせるためだったんだ……。

でも、私《わたし》は……車《くるま》のライトに目《め》がくらんでしまった。

『間《ま》に合《あ》わない！』

とっさに判断《はんだん》したベルーノは、私《わたし》をつきとばし、自分《じぶん》が車《くるま》の前《まえ》に立《た》ったんだと思《おも》う。

ベルーノは亡《な》くなるまで二回《にかい》しか吠《ほ》えなかった。

最初《さいしょ》に吠《ほ》えたときは、私《わたし》の前《まえ》から牛《うし》を追《お》い払《はら》うため。私《わたし》を守《まも》るために、命《いのち》がけで大《おお》きな牛《うし》に立《た》ち向《む》かっていった。

二回目《にかいめ》に吠《ほ》えたときも、私《わたし》を守《まも》るため。

でも今度《こんど》は、私《わたし》を助《たす》けることと引《ひ》き換《か》えに、自分《じぶん》の命《いのち》を失《うしな》ってしまったんだ。

ベルーノは、ひめりんごの樹《き》の下《した》に埋《う》めてあげた。見上《みあ》げると、枝《えだ》に小《ちい》さな青《あお》い実《み》が、ぽつぽつとついていた。これがぜんぶ真《ま》っ赤《か》に色《いろ》づいたら、秋《あき》にはいっぱい収穫《しゅうかく》できるのに。

ベルーノが生《い》きていたらどんなに喜《よろこ》ぶだろう。
お皿《さら》に山盛《やまも》りのひめりんごを見《み》たら、目《め》をくりくり、しっぽをぶるんぶるん振《ふ》るだろうな……。

たくましいベルーノが、はしゃぎながらひめりんごをモリモリ食《た》べる姿《すがた》が浮《う》かび、私《わたし》の目《め》には涙《なみだ》があふれた。

私《わたし》が、もっと早《はや》い時間《じかん》に散歩《さんぽ》に出《で》かけていたら、
暗《くら》くならないうちに、早《はや》めに散歩《さんぽ》から帰《かえ》ってきていたら、
車《くるま》が近《ちか》づいてくる音《おと》にもっと早《はや》く気《き》づいていたら、
ベルーノは、死《し》ななくてすんだのに。
私《わたし》をかばって、死《し》ななくてすんだのに。
乾《かわ》ききった土《つち》の上《うえ》に、私《わたし》の涙《なみだ》が吸《す》いこまれていく。
そのときだった。

ヴォ、ワン。

ベルーノの鳴《な》き声《ごえ》が聞《き》こえた。
まさか。
ちょっと弱々《よわよわ》しいけど、間違《まちが》いなくベルーノの声《こえ》だ。
私《わたし》は、ひめりんごの樹《き》を見上《みあ》げた。
すると枝《えだ》の間《あいだ》をすりぬけて、ひらひらと白《しろ》い紙《かみ》が落《お》ちてくる。
拾《ひろ》いあげてみると……なんということ！
それは、ベルーノから私《わたし》へと届《とど》いた、ハガキだったんだ。

ヒロ。
今《いま》のオレの声《こえ》、怖《こわ》くなかったか？

おまえをなぐさめようと思《おも》って
声《こえ》をかけたんだが、届《とど》いたか？

はじめて会《あ》ったとき
ヒロは大《おお》きな音《おと》が大嫌《だいきら》いだったな。
ぶるぶる震《ふる》えてオレにしがみついたよな。

オレはこんなにでかい身体《からだ》だから
吠《ほ》えたら、絶対《ぜったい》にでかい声《こえ》が出《で》てしまう。
ヒロを怖《こわ》がらせてしまう。
だからオレは吠《ほ》えないことにした。
二回《にかい》だけ、いや、今《いま》のを入《い》れると三回《さんかい》か……、
ヒロを驚《おどろ》かせてしまったね。

オレはヒロが大好《だいす》きだ。
大好《だいす》きなヒロを守《まも》るためなら命《いのち》なんて惜《お》しくない。

いいか。よく覚《おぼ》えとけ。
オレはヒロを守《まも》ることができてうれしいんだ。
だからもう泣《な》くな。

心残《こころのこ》りがあるとすれば
山盛《やまも》りのひめりんごが食《た》べられなかったこと。
いつか会《あ》うとき、持《も》ってこいよ。

ベルーノ

ベルーノ。
三回目《さんかいめ》は、空《そら》の上《うえ》から吠《ほ》えてくれたんだね。
とっても優《やさ》しい声《こえ》だったよ。

ベルーノが命《いのち》がけで私《わたし》を守《まも》ってくれたように、私《わたし》は、ひめりんごの樹《き》をずっと守《まも》っていくよ。
いつか会《あ》うとき、かかえきれないほどひめりんごを持《も》っていけるようにね。

ベルーノありがとう。
私《わたし》も大好《だいす》きだよ。
また、抱《だ》きつかせてね。

2章《しょう》

秀《しゅう》介《すけ》とヤスシ

〜届《とど》けたかった気《き》持《も》ち〜

ついてる——！
ヤバいっ　ヤバすぎるっ！
ボクは人生《じんせい》で最高《さいこう》のくじを引《ひ》いてしまった！

小六《しょうろく》の二学期《にがっき》の席替《せきが》えのことだった。

席《せき》の位置《いち》は、いつも、くじ引《び》きで決《き》める。この日《ひ》、ボクのくじ運《うん》は絶好調《ぜっこうちょう》だった。

なんと、ユカさんの隣《となり》を引《ひ》き当《あ》てたんだから！

もう心臓《しんぞう》はバクバク。このままバクバクが止《と》まらなければボクは死《し》んじゃうかもしれない……そんなことすら思《おも》った。


ユカさんは鼻《はな》すじの通《とお》った大人《おとな》っぽい顔《かお》だちに、短《みじか》く切《き》った髪《かみ》の毛《け》を耳《みみ》にかけたボーイッシュな女《おんな》の子《こ》だ。正義感《せいぎかん》が強《つよ》く、男子《だんし》ともめることもときどきあったけど、よく言《い》えばはっきり意見《いけん》が言《い》える頭《あたま》のいい子《こ》。まあまあ勝《か》ち気《き》な性格《せいかく》もボクは大好《だいす》きなんだ。つまり、ボクにないものをぜんぶ持《も》っているってこと。

緊張《きんちょう》で足《あし》がガクガクしてるけど、いつまでも席《せき》に着《つ》かないわけにいかない。えいやっと覚悟《かくご》を決《き》めて、あこがれの人《ひと》の隣《となり》の席《せき》に座《すわ》った。

「よろしくね、大塚《おおつか》くん」

ドクンッ。

ユカさんが、ふっくらした唇《くちびる》のはしをキュッと上《あ》げて笑《わら》った。

「あ、いえ、あ、こ、こ、こちらこそよろしくで」

ボクは、緊張《きんちょう》のあまり引《ひ》きつった笑顔《えがお》で答《こた》えた。

ユカさんの隣《となり》に座《すわ》ること一週間《いっしゅうかん》。

ユカさんが髪《かみ》を揺《ゆ》らすたび、ふわりと石《せっ》けんの香《かお》りがすることや、話《はな》すときボクを見《み》つめる切《き》れ長《なが》の目《め》に、どぎまぎが止《と》まらなかった。

席《せき》が隣《となり》でうれしい〜！　でも同時《どうじ》に胸《むね》が苦《くる》しくて、落《お》ち着《つ》かない毎日《まいにち》。

こ、これは……意外《いがい》と体力《たいりょく》を使《つか》う！

最初《さいしょ》の一週間《いっしゅうかん》は、緊張《きんちょう》のしすぎでこのまま死《し》んでしまうのではないか⁉　なんて心配《しんぱい》していたが、人間《にんげん》はなんだかんだいって慣《な》れるものらしい。ボクもユカさんの隣《となり》の席《せき》に座《すわ》ることにだんだん慣《な》れてきて、最初《さいしょ》はド緊張《きんちょう》のあまり噛《か》みあわなかった会話《かいわ》が、じょじょに成立《せいりつ》するようになってきた。

ある日《ひ》、眠《ねむ》たーい国語《こくご》の授業《じゅぎょう》が終《お》わった後《あと》、窓《まど》の外《そと》を見《み》てぼんやりしていると、

「大塚《おおつか》くんの家《いえ》は、なにか生《い》き物飼《ものか》ってる？」

と、ユカさんが話《はな》しかけてきた。

「えっ？　あっ、いや、犬《いぬ》とか猫《ねこ》はいないけど、金《きん》ちゃんが……」

「金《きん》ちゃん？」

「縁日《えんにち》ですくった金魚《きんぎょ》。渋谷《しぶや》さんは？」

「うちは、犬《いぬ》がいるの。チワワっていう種類《しゅるい》の小型犬《こがたけん》で、名前《なまえ》はロビン。私《わたし》が生《う》まれて間《ま》もないころ、お父《とう》さんが子犬《こいぬ》をもらってきたの」

「ということは、十二歳《じゅうにさい》？」

「うん。私《わたし》と同《おな》じ十二歳《じゅうにさい》」

(十二年《じゅうにねん》もユカさんと暮《く》らしているなんて、うらやましいぞ、ロビン！)

「毎日散歩《まいにちさんぽ》に行《い》ったりするの？」

「昔《むかし》は病気《びょうき》がちだったから、行《い》けなかったけど」

「渋谷《しぶや》さん、病気《びょうき》だったの？」

「私《わたし》、昔《むかし》は学校《がっこう》よく休《やす》んでたの。体《からだ》が弱《よわ》くてよく熱《ねつ》を出《だ》してたんだ」

「え……そうは見《み》えないけど」

「よく言《い》われる。でも、その頃《ころ》は、青白《あおじろ》くてひょろひょろだったの」

ユカさんは肩《かた》をすぼめ、クスッと笑《わら》った。

「今《いま》、元気《げんき》に楽《たの》しく学校《がっこう》へ通《かよ》ってこられるのは、ロビンがいてくれたからなんだ」

「へえ～」

「熱《ねつ》が高《たか》くて苦《くる》しんでいるときは看病《かんびょう》してくれたし、友達《ともだち》と遊《あそ》べなくて寂《さび》しいときは話《はな》し相手《あいて》になってくれたし、学校《がっこう》を休《やす》んでいたあいだ進《すす》んでしまった勉強《べんきょう》を必死《ひっし》にがんばっていたときは励《はげ》ましてくれたし……ロビンがいてくれたから、いろんなつらさを乗《の》り越《こ》えられたと思《おも》ってる」

話《はなし》を聞《き》きながら、ボクは半信半疑《はんしんはんぎ》だった。そもそも犬《いぬ》が看病《かんびょう》するとか、話《はな》し相手《あいて》になるとか、励《はげ》ましてくれるって、どういうことなんだろう。

犬《いぬ》は言葉《ことば》が話《はな》せないし……ユカさんが言《い》ってることがちょっと理解《りかい》できないかも。

お母《かあ》さんなら、ユカさんの気持《きも》ち、わかるのかなあ。子《こ》どものころ、犬《いぬ》を飼《か》っていたって言《い》ってたから。

「でも、最近《さいきん》、元気《げんき》がなくて心配《しんぱい》なの。チワワの十二歳《じゅうにさい》って、人間《にんげん》に置《お》きかえると七十歳《ななじっさい》くらいだから」

ユカさんは長《なが》いまつげを伏《ふ》せ、ふうっとため息《いき》をついた。

(ユカさんが落《お》ちこんでる！)

ボクはとっさに励《はげ》ますつもりで、

「心配《しんぱい》ないよ。日本人《にほんじん》の平均寿命《へいきんじゅみょう》は長《なが》くなってるから、ロビンも長生《ながい》きするよ」と言《い》った。

……が、しまった！

ロビンは人間《にんげん》じゃないし、犬《いぬ》だし！　ばかだなあ〜ボク。

でも、ユカさんは、「ありがとう」と、ほほ笑《え》んでくれた。

十月《じゅうがつ》に入《はい》ると、朝《あさ》はひんやりした風《かぜ》が吹《ふ》きはじめた。暑《あつ》くてぼーっとする九月《くがつ》がようやく終《お》わって、登校《とうこう》するのに気持《きも》ちのいい季節《きせつ》にやっとなった。

「おはよー」

いつものように教室《きょうしつ》に入《はい》ると、ユカさんの背中《せなか》が目《め》に飛《と》びこんできた。

机《つくえ》に顔《かお》を伏《ふ》せた……そんな姿《すがた》を見《み》るのははじめてだった。

どうしたのかな？　体調《たいちょう》よくないのかな？　それとも昨日《きのう》マンガ読《よ》みすぎて夜更《よふ》かししちゃって……とか？

ボクは恐《おそ》る恐《おそ》る席《せき》にかばんをおろし、様子《ようす》をうかがった。

こういうとき、スマートに女《おんな》の子《こ》に声《こえ》をかけられる男子《だんし》がうらやましい。不器用《ぶきよう》でろくに女子《じょし》と話《はな》せないチキンなボクには、ありえない話《はなし》だ。

ユカさんは鼻《はな》をグズグズさせていた。

「風邪《かぜ》？　気持《きも》ち悪《わる》いの？」

ユカさんの返事《へんじ》によっては、意《い》を決《けっ》して保健室《ほけんしつ》に連《つ》れていくつもりだった。よ〜し、これでひとつアピールができるぞ！　そんなことを思《おも》っていたんだけど……ユカさんが口《くち》にしたのは意外《いがい》な言葉《ことば》だった。

「ロビンが死《し》んじゃったの」

「え……ロビンて、前《まえ》に話《はな》していた犬《いぬ》？」

ユカさんは両手《りょうて》で顔《かお》をおおって、コクンとうなずいた。おそらく泣《な》いている。

どうしよう。

こういうとき、なんて声《こえ》をかけるんだっけ、あ、思《おも》い出《だ》した。

「ごしゅうしょうさまです」

返事《へんじ》がない……。

失敗《しっぱい》した！　もっとなにかいい言葉《ことば》はないのか？

ボクは全身冷汗《ぜんしんひやあせ》でぐっしょり。でも、頭《あたま》の中《なか》にはなんにも浮《う》かんでこなかった。もっと国語《こくご》の授業《じゅぎょう》をちゃんと聞《き》いておけばよかった……ばかなボクが恨《うら》めしい。

そっとしておいたほうがよさそうなので、その日《ひ》はもう、無理《むり》に話《はな》しかけなかった。

明日《あした》になれば笑顔《えがお》が戻《もど》るだろう、なんて、のんきに考《かんが》えていたんだ。

あくる日《ひ》、ユカさんは泣《な》きはらした赤《あか》い目《め》で登校《とうこう》してきた。おはよう、と、挨拶《あいさつ》をかわしたきり会話《かいわ》は続《つづ》かない。

次《つぎ》の日《ひ》も、その次《つぎ》の日《ひ》も、その次《つぎ》の次《つぎ》の日《ひ》も、状況《じょうきょう》は変《か》わらなかった。

ユカさんはロビンを失《うしな》ったショックから立《た》ち直《なお》れないようだ。クラスの中《なか》で、いつもおしゃべりの中心《ちゅうしん》にいるユカさんが、会話《かいわ》に入《はい》らずポツンと浮《う》いている。

もちろん、ボクとも話《はな》さない。

いつも授業中《じゅぎょうちゅう》、気《き》づかれないようにユカさんの横顔《よこがお》を見《み》てるからわかるんだ。ロビンが死《し》んでからユカさんはどんどんやつれていっている。いくら鈍感《どんかん》なボクでも、さすがに気《き》づくレベルだ。丸《まる》みをおびていた卵形《たまごがた》の頬《ほお》がこけ、肌《はだ》は青白《あおじろ》く、白目《しろめ》の充血《じゅうけつ》も続《つづ》いていた。

「大丈夫《だいじょうぶ》？　ボクにできること、ある？」

と、勇気《ゆうき》をふりしぼって声《こえ》をかけてみた。ここ何日《なんにち》も考《かんが》えていた慰《なぐさ》めの言葉《ことば》にしては、ずいぶん平凡《へいぼん》だったけど、これがボクのせいいっぱい。

ユカさんは、力《ちから》なく首《くび》を左右《さゆう》に振《ふ》って、
「私《わたし》のせいなの……」と、涙《なみだ》を浮《う》かべた。

ロビンは、亡《な》くなる数日前《すうじつまえ》から、ご飯《はん》を残《のこ》すようになったらしい。大好《だいす》きなチーズを見《み》せても興味《きょうみ》をしめさない。そのうちご飯《はん》を食《た》べなくなって、とうとう水《みず》すら飲《の》む力《ちから》がなくなっていった。

ユカさんは、学校《がっこう》から帰《かえ》ったら動物病院《どうぶつびょういん》に連《つ》れていくつもりで予約《よやく》をとったらしいけど……でもその日《ひ》、ユカさんが学校《がっこう》から帰《かえ》るとすぐ、ロビンは息《いき》を引《ひ》きとったそうだ。

「なんとか、ロビンの最期《さいご》には立《た》ちあえたけど……」と言《い》って、またユカさんはしくしくと泣《な》きだした。

「もっと早《はや》く、私《わたし》が、病院《びょういん》に連《つ》れていっていたら、ロビンは、助《たす》かったかもしれない」

ユカさんの話《はなし》を聞《き》いていたら、ボクも泣《な》きそうになってきた。

「ロビンは、私《わたし》を、何度《なんど》も、何度《なんど》も、助《たす》けてくれたのに、私《わたし》は、ロビンの命《いのち》を、一番大切《いちばんたいせつ》な命《いのち》を、助《たす》けてあげられなかった」

ユカさんはハンカチを顔《かお》に押《お》しつけ、うっ、うっ、と、のどの奥《おく》から声《こえ》をもらし、激《はげ》しく泣《な》きだしてしまったのだ。

「そうだったんだ……」

ユカさんはまじめで正義感《せいぎかん》が強《つよ》い人《ひと》だ。ロビンを死《し》なせてしまった責任《せきにん》を背負《せお》いこんでしまっているんだと思《おも》う。

でもロビンが亡《な》くなってから、もう五日《いつか》もたっている。

そろそろ、気持《きも》ちの整理《せいり》をつけないと、このままではユカさんが倒《たお》れてしまう。

土曜日《どようび》の午後《ごご》。

学校《がっこう》が休《やす》みなのはうれしいけど、スポーツに興味《きょうみ》がなく、これといった趣味《しゅみ》がないボクはすることがなくて、部屋《へや》でだらだらマンガを読《よ》んでいた。

そこへ、掃除《そうじ》を終《お》えたお母《かあ》さんがやってきたんだ。

「いつまでごろごろ寝《ね》てるのよ！　まったく……暇《ひま》なんだったら、買《か》い物《もの》付《つ》き合《あ》ってちょうだい。スーパーのお砂糖《さとう》の特売《とくばい》、おひとりさま一点限《いってんかぎ》りなの」

ふたりなら、砂糖《さとう》がふたつ買《か》えるから、ボクについてこいというわけだ。

嫌《いや》だなあ……だってボク、思春期《ししゅんき》まっただなかなんだよ。

お母《かあ》さんと歩《ある》いている姿《すがた》なんか、友達《ともだち》に見《み》られたくない。しかも、砂糖《さとう》の袋《ふくろ》を持《も》ってレジに並《なら》ぶなんて……想像《そうぞう》するだけで、恥《は》ずかしいんだけど。

「来《こ》ないなら、おやつあげないわよ！」

だめだ、お母《かあ》さんの顔《かお》が険《けわ》しくなってきた！　行《い》かないなんて返事《へんじ》が通用《つうよう》するわけない
……しぶしぶついていくことにした。

商店街《しょうてんがい》を歩《ある》いていたとき、ふと思《おも》い出《だ》した。

「お母《かあ》さん。金《きん》ちゃんの餌《えさ》がなくなりそうなんだけど」

「じゃあ、ついでに買《か》わなきゃ」

スーパーへ行《い》く途中《とちゅう》に、ペットショップへ寄《よ》った。

うわっ！

重《おも》たいガラス扉《とびら》を押《お》して店《みせ》に入《はい》ろうとして、ボクはあやうく転《ころ》びそうになった。ただでさえ狭《せま》い通路《つうろ》を半分《はんぶん》ふさいで、みかんの箱《ばこ》くらいの大《おお》きさの、銀色《ぎんいろ》のケージが置《お》かれてい

たからだ。

なんだろう……？

ケージの網目《あみめ》のすきまから、ちょこちょこ動《うご》くこげ茶色《ちゃいろ》のかたまりが見《み》えた。

後《うし》ろから入《はい》ってきたお母《かあ》さんが、

「これに引《ひ》っ掛《か》かったの？　秀介《しゅうすけ》がしっかり前《まえ》を見《み》て歩《ある》かないからよ」

とお母《かあ》さんはブツクサ言《い》っていたのに、ケージを見《み》るとはずんだ声《こえ》をあげた。

「あら！　わんちゃん！　それにしても、きれいなお顔《かお》ねぇ」

きれいな顔《かお》の犬《いぬ》って？　興味《きょうみ》をそそられたボクは、横《よこ》からのぞきこんだ。

細長《ほそなが》い顔《かお》にギョロッとした黒《くろ》い目玉《めだま》がついた、きれいといえばきれいな顔《かお》の、痩《や》せっぽちの小《ちい》さな犬《いぬ》だった。

お母《かあ》さんが人《ひと》さし指《ゆび》を、網目《あみめ》の間《あいだ》から入《い》れて犬《いぬ》の鼻先《はなさき》に出《だ》すと……。

ペロッ。

犬《いぬ》は鼻《はな》をピクピクさせてにおいをかいだあと、その指先《ゆびさき》をなめたんだ。

「かわいいわねえ」

お母《かあ》さんは楽《たの》しそうに、しばらく犬《いぬ》と遊《あそ》んでいた。ところが突然《とつぜん》、

「えっ！」

お母《かあ》さんが妙《みょう》な声《こえ》をあげた。

「ちょ、ちょっと秀介《しゅうすけ》」

横《よこ》から見《み》ていたボクに、手《て》まねきをした。正面側《しょうめんがわ》に首《くび》をのばすと、ケージに貼《は》ってある値札《ねふだ》が目《め》に入《はい》った。

「ええっ！」

ボクもびっくりして尻《しり》もちをつきそうになった。

値札《ねふだ》には、赤《あか》い字《じ》で「九割引《きゅうわりび》き」と書《か》かれていたんだ。

「いらっしゃい」

店《みせ》の奥《おく》から、店長《てんちょう》のおじさんが姿《すがた》を現《あらわ》した。布袋《ほてい》さまのような丸《まる》いお腹《なか》を引《ひ》っこめながら、狭《せま》い通路《つうろ》をカニ歩《ある》きでやってきた。

「この犬《いぬ》、本当《ほんとう》に九割引《きゅうわりび》きなんですか？」

ボクが聞《き》くと、

「大《おお》きくなっちゃったからねえ〜」

オジサンは汗《あせ》をふきながら、困《こま》った顔《かお》をして、

「成長《せいちょう》しちゃうとどうしても……ね。ミニチュアピンシャーっていう種類《しゅるい》で、外国《がいこく》ではすごく人気《にんき》があるらしいんだけど、日本《にほん》じゃあんまりなじみがないしね」

確《たし》かに、この種類《しゅるい》を街《まち》で見《み》かけることはないかも……。

お母《かあ》さんも、隣《となり》で相《あい》づちを打《う》っている。

すると店長《てんちょう》さんが、お母《かあ》さんをチラッと見《み》て、

「おたくで飼《か》わない？」

「え？　うち？」

思《おも》わぬ展開《てんかい》に、お母《かあ》さんが、いっしゅんうろたえたのがわかった。

「だって、犬好《いぬず》きでしょ？」

と店長《てんちょう》に聞《き》かれると、

「そうねえ……子《こ》どものころ、犬《いぬ》を飼《か》ってたから……」

お母《かあ》さんは小首《こくび》をかしげ、しばらく犬《いぬ》を見《み》つめていたけど、

「やっぱり、私《わたし》だけでは決《き》められないわ。家族《かぞく》みんなで相談《そうだん》してみないと。早《はや》く飼《か》い主《ぬし》が現《あらわ》れるといいわね～。かわいいわんちゃん」

と、子犬《こいぬ》に話《はな》しかけていた。

その横《よこ》で、ボクはすばらしい計画《けいかく》を思《おも》いついていたのだ！


翌朝《よくあさ》の九時《くじ》五十分《ごじっぷん》。

ボクは胸《むね》をときめかせながら家《いえ》を飛《と》びだした。ズボンのポケットには千円札《せんえんさつ》や小銭《こぜに》でぱんぱんにふくれたお財布《さいふ》が入《はい》っている。

予定通《よていどお》り、ピッタリ十時《じゅうじ》。シャッターを上《あ》げたばかりのペットショップに飛《と》びこむと、ちょうど店長《てんちょう》さんの姿《すがた》が見《み》えた。

「すみません！　この九割引《きゅうわりび》きのやつ、ください！」

ボクは足元《あしもと》の銀色《ぎんいろ》のケージを指《ゆび》さした。

「ああ、昨日《きのう》のボクか！　お父《とう》さんが許《ゆる》してくれたんだね。よかった、よかった。ありがとうね」

店長《てんちょう》さんは、はちきれそうな笑顔《えがお》で喜《よろこ》んでいる。

ホントはお父《とう》さんに許可《きょか》なんか取《と》ってない。だってボクが買《か》う理由《りゆう》は他《ほか》にあるから。子《こ》犬《いぬ》の代金《だいきん》を小銭《こぜに》だらけで支払《しはら》うとき、「変《へん》だな」とあやしまれないかヒヤヒヤしたけど、昨日《きのう》の、お母《かあ》さんとのやりとりがあったので少《すこ》しも疑《うたが》われなかった。

店長《てんちょう》さんは犬《いぬ》を、あっさり売《う》ってくれたんだ。

よ〜し、計画《けいかく》「その1」は大成功《だいせいこう》!!!

このあとの計画《けいかく》「その2」も成功《せいこう》しますように！　ボクの心臓《しんぞう》はバクバクしていた。


その足《あし》で、ボクはユカさんの家《いえ》を目《め》がけ、走《はし》った。

あ、あの家《いえ》だ！

赤《あか》い屋根《やね》が見《み》えてきた。洋風《ようふう》のハイカラなデザインの家《いえ》は、かっこいいユカさんのイメージにぴったりはまっている。

これから起《お》きるすてきな出来事《できごと》を思《おも》うと、胸《むね》の鼓動《こどう》がますます高鳴《たかな》る。

走《はし》り息《いき》の上《あ》がった声《こえ》のまま、ボクは庭《にわ》で洗濯物《せんたくもの》を干《ほ》していたユカさんのお母《かあ》さんに声《こえ》をかけた。

「こんにちは。同《おな》じクラスの大塚《おおつか》です。ユカさんいますか？」

「あら、こんにちは。ちょっと待《ま》っててね」

まもなくすると、ガチャリ……と、立派《りっぱ》な玄関《げんかん》のドアが半分《はんぶん》開《あ》いて、驚《おどろ》いた顔《かお》のユカさんが出《で》てきた。

「どうしたの？　大塚《おおつか》くん」

そりゃそうだよね、クラスの男子《だんし》が家《いえ》に突然《とつぜん》来《き》たんだから。でもね、きっともっとずっと驚《おどろ》くよ……！

ボクはワクワクしながら、後《うし》ろ手《で》に隠《かく》していた犬《いぬ》を、得意《とくい》げに差《さ》し出《だ》した！

「この犬《いぬ》、あげる！」

「え？　な、なんで？」

ユカさんは、目《め》をまんまるにしてボクを見《み》つめた。

「だからその……ロビンのかわりだよ！」

ペットショップで、昨日《きのう》、ひらめいたんだ。

ロビンのかわりに新《あたら》しい犬《いぬ》をあげたら、きっと、ユカさんは元気《げんき》になる！

そう思《おも》ったらいてもたってもいられなくなった。お母《かあ》さんと買《か》い物《もの》から帰《かえ》って、まっすぐ自分《じぶん》の部屋《へや》に向《む》かい、バットで「えい！」っと、貯金箱《ちょきんばこ》をたたき割《わ》った。小銭《こぜに》を数《かぞ》えると、九割引《きゅうわりび》きの犬《いぬ》が買《か》える金額《きんがく》に達《たっ》していたんだ。誘惑《ゆうわく》に耐《た》え、節約《せつやく》を重《かさ》ね、お駄賃《だちん》をかせぎ、ケチケチ貯《た》めたおこづかいだけど、ユカさんの笑顔《えがお》のためなら惜《お》しくない。

ところが……。

ユカさんは、犬《いぬ》を受《う》け取《と》ろうとしなかった。

しかも無言《むごん》で、ボクをするどくにらみつけている。ユカさんのほうに犬《いぬ》の顔《かお》を向《む》けて、前足《まえあし》の付《つ》け根《ね》を持《も》ち、

「いらないの？　かわいいでしょ？」

と、さらに近《ちか》づけた。

「いらないに決《き》まってる！」

「え？　……なんで？」

「ロビンのかわりって……ヒドすぎる……よくもそんなこと言《い》えるわね！」

ユカさんの体《からだ》が、わなわなと震《ふる》えている。どうやらボクは、ユカさんを激《はげ》しく怒《おこ》らせてしまったようだ。

そしてユカさんは、

「大塚《おおつか》くんのばか！　大《だい》っ嫌《きら》い！」

ドアをバタン！　と、閉《し》めてしまったんだ。


ボクは九割引《きゅうわりび》きの犬《いぬ》をブラ～ンと持《も》ったまま、渋谷家《しぶやけ》の玄関先《げんかんさき》に取《と》り残《のこ》されていた。

ユカさんはなぜ、犬《いぬ》をもらってくれなかったんだろう。

ヒドいことって……なにかしてしまったのだろうか？　なぜあんなに強《つよ》く、叱《しか》られてしまったのか、さっぱり見当《けんとう》がつかない。

なにがなんだか……。

ショックを通《とお》り越《こ》して、ぼうぜんと立《た》ち尽《つ》くしていた。

ボクにわかること、それは、ユカさんに嫌《きら》われたことと貯金《ちょきん》がゼロになったことだ。

心《こころ》もお財布《さいふ》もすっからかんになったボクは、とぼとぼと家路《いえじ》についた。涙《なみだ》ぐんで見《み》あげた、その日《ひ》のすがすがしい秋晴《あきば》れの空《そら》を、ボクは忘《わす》れない。こんなさわやかな秋《あき》の一日《いちにち》が、今《いま》まで生《い》きてきたなかで最悪《さいあく》の日《ひ》になるなんて……。

不覚《ふかく》にも、ひとすじの涙《なみだ》が頬《ほお》を伝《つた》った。

すると、抱《だ》いていた九割引《きゅうわりび》きの犬《いぬ》が、首《くび》をのばして、ボクの頬《ほお》をちろりとなめてくれたのだ。

なぐさめてくれているのか？　優《やさ》しいんだな、オマエ。

胸《むね》の奥《おく》からジーンと熱《あつ》いものがこみあげ、ボクは犬《いぬ》を抱《だ》きしめたんだ。

道路《どうろ》のつきあたりを曲《ま》がると、家《いえ》が見《み》えてきた。

お母《かあ》さんが、玄関《げんかん》まわりをほうきではいている。お母《かあ》さんには気《き》づかれたくないから、涙《なみだ》のあとをさりげなく腕《うで》でぬぐって重《おも》い足取《あしど》りで歩《ある》いた。

ギギーッと門扉《もんぴ》を開《あ》けると、チリトリにゴミをまとめていたお母《かあ》さんがボクをチラッと振《ふ》り返《かえ》った。

「おかえり」

と言《い》ったあと、慌《あわ》ててもう一度《いちど》振《ふ》り返《かえ》り、

「ちょっと！　その子《こ》、昨日《きのう》、ペットショップで売《う》れ残《のこ》っていた犬《いぬ》じゃない！」

と声《こえ》を張《は》り上《あ》げた。

ボクは、ウソを答《こた》えた。

「かわいそうだったから……貯《た》めていたおこづかいで買《か》ってしまいました」

本当《ほんとう》の理由《りゆう》は、口《くち》が裂《さ》けても言《い》えない。

好《す》きな女《おんな》の子《こ》がいることも、ついさっき振《ふ》られてしまったことも、ボクの年《とし》ごろの男子《だんし》が、母親《ははおや》に、もっとも知《し》られたくないことだ。

ボクにだって、プライドというものがあるのだ！　でも、どのみち叱《しか》られることに変《か》わりはない。たぶん、返《かえ》してきなさい！　と言《い》われるに違《ちが》いない。あ〜あ、どうしよう。真《ま》っ暗《くら》な気分《きぶん》でいると、お母《かあ》さんは、

「そっか、そうなのね」

と笑《わら》って、九割引《きゅうわりび》きの犬《いぬ》をボクの腕《うで》からサッと抱《だ》き取《と》ってしまったのだ。

えっ？　どういうこと……？

お母《かあ》さんは、赤《あか》ちゃんをあやすように犬《いぬ》の体《からだ》を揺《ゆ》すりながら、

「キミは今日《きょう》から、うちの子《こ》よ」

と、話《はな》しかけた。

「ほんとはね、昨日《きのう》からずっと、キミのことが気《き》がかりだったの。事情《じじょう》を話《はな》せば、お父《とう》さんも許《ゆる》してくれるでしょ。こんなにかわいいんだもの」

そう言《い》うと、お母《かあ》さんは、犬《いぬ》を抱《だ》いたまま庭《にわ》にまわった。

堂々《どうどう》と枝《えだ》を広《ひろ》げている樹《き》の下《した》で木漏《こも》れ日《び》をあびながら、犬《いぬ》を抱《だ》いたお母《かあ》さんは、しばらくたたずんでいたんだ。

その様子《ようす》はとてもうれしそうで……、なんだか見《み》ているこっちまで幸《しあわ》せな気分《きぶん》になった。

こうして、九割引《きゅうわりび》きの犬《いぬ》は大塚家《おおつかけ》で暮《く》らすことになった。

「秀介《しゅうすけ》も、優《やさ》しいところがあるんだな」

と、お父《とう》さんもあっさり許《ゆる》してくれたんだ。ボクは拍子《ひょうし》抜《ぬ》けしてしまった。

とはいえ、無断《むだん》で買《か》ってきてしまった責任《せきにん》をとるかたちで、散歩《さんぽ》をはじめ、犬《いぬ》の世話《せわ》はすべてボクの仕事《しごと》になった。

ユカさんにプレゼントするはずだったのに、とんだとばっちりだ。ボクはすべて自分《じぶん》のせいってことも忘《わす》れて、ちょっとやさぐれた気分《きぶん》になった。

ちぇっ。これじゃあ、友達《ともだち》と遊《あそ》びにも行《い》けないじゃないか。

犬《いぬ》の名前《なまえ》も、やけっぱちでつけた。

値段《ねだん》が安《やす》かったので「ヤスシ」と。


翌朝《よくあさ》、ユカさんに「おはよう」と挨拶《あいさつ》したけど、あっさり無視《むし》された。

昨日《きのう》のことを謝《あやま》ったほうがいいのかなと、頭《あたま》をよぎったけど……、怒《おこ》られた理由《りゆう》が、いまだにわからない。理由《りゆう》もわからずに謝《あやま》ると、気《き》が強《つよ》いユカさんの性格上《せいかくじょう》、さらに怒《おこ》らせてしまう可能性《かのうせい》もある……。

謝《あやま》るのはとりあえずやめにした。

ユカさんに、大《だい》っ嫌《きら》い、と言《い》われてしまったわけだし。もうボクと口《くち》もききたくないだろうし。

どんなに落《お》ちこんでいても、すんでしまったことは取《と》り返《かえ》しがつかない。

授業《じゅぎょう》が終《お》わると、ボクは、さっさと教室《きょうしつ》を出《で》た。

今日《きょう》から、ヤスシを散歩《さんぽ》に連《つ》れていかないといけない。


家《いえ》に帰《かえ》ると、お母《かあ》さんが、広《ひろ》がりすぎた庭《にわ》の樹《き》の枝《えだ》の手入《てい》れをしていた。

ヤスシは……、いた！ ちょこまか動《うご》いて地面《じめん》のにおいをかぎまわっている。つないでなくても逃《に》げ出《だ》すそぶりがまったくない。

ギギーッと門扉《もんぴ》を開《あ》けると、ヤスシがハッと顔《かお》を上《あ》げ、ボクを見《み》た。次《つぎ》の瞬間《しゅんかん》、すばやく地面《じめん》をけると、またたくまにボクのところへかけてきて、何度《なんど》も飛《と》びついてきた。

パタパタパタ……。

ヤスシはしっぽをちぎれそうなほど振《ふ》っている。ランドセルにすっぽりおさまるくらい、小《ちい》さくて痩《や》せっぽちの小型犬《こがたけん》なのに、身長百五十二《しんちょうひゃくごじゅうに》センチのボクのお腹《なか》のあたりの高《たか》さまで、軽《かろ》やかに飛《と》び上《あ》がってみせるからびっくりする。

ヤスシはなにやら、細長《ほそなが》い棒《ぼう》のようなものをくわえていた。

「お母《かあ》さん、ヤスシがなにか、くわえてるよ」

庭《にわ》の樹《き》を見上《みあ》げて、枝《えだ》のはりぐあいを確《たし》かめていたお母《かあ》さんに声《こえ》をかけた。お母《かあ》さんは服《ふく》についた枯《か》れ葉《は》を払《はら》い落《お》としながらボクのほうへ来《き》て、

「それ、お母《かあ》さんが今《いま》、切《き》り落《お》としていた小枝《こえだ》なのよ。なんだか知《し》らないけど、気《き》に入《い》ったみたい。くわえたまま、ずーっとはなさないの。変《へん》な子《こ》ね」と、クスリと笑《わら》った。

ヤスシは、高《たか》く飛《と》び跳《は》ねて、ボクに小枝《こえだ》を見《み》せようとしていたのかな。

「さあ、今日《きょう》から散歩《さんぽ》がんばってね。いってらっしゃい！」

「わかってるけど……。でも散歩《さんぽ》って、どうやるの？」

ボクは犬《いぬ》のこと、本当《ほんとう》になんにも知《し》らなかったんだ。

次《つぎ》の日《ひ》、学校《がっこう》の帰《かえ》り道《みち》に図書館《としょかん》に寄《よ》った。

ボクは勉強《べんきょう》が嫌《きら》いだし、本《ほん》なんてめったに読《よ》まない。図書館《としょかん》には行《い》ったことがなかった

から、犬《いぬ》の図鑑《ずかん》を探《さが》すのに、三十分《さんじっぷん》近《ちか》くもかかった。

うわ〜！　かっけー!!

ミニチュアピンシャーのページを開《ひら》くと、ヤスシと同《おな》じく、キリリとした横顔《よこがお》の小型犬《こがたけん》の写真《しゃしん》がのっていた。「活発《かっぱつ》で、すばしこく、イタズラ好《ず》き。むだ吠《ぼ》えが多《おお》い犬種《けんしゅ》」と、図鑑《ずかん》には書《か》いてあった。

ボクは、ん？　と、首《くび》をかしげた。

活発《かっぱつ》ですばしこいところは、その通《とお》りだった。でも、ヤスシは来客《らいきゃく》があったとき以外《いがい》、むだに吠《ほ》えることがない。その人《ひと》が家《いえ》に入《はい》ってしまえば、ぴたりとやめるんだ。それにイタズラと思《おも》われる行動《こうどう》をとったことだってない。

この本《ほん》に書《か》いてあること、ホントなのかな？　印象《いんしょう》が違《ちが》いすぎるんだけど。

犬《いぬ》とはじめて暮《く》らすボクには、わからないことばかりだった。

「犬《いぬ》がするイタズラって、どんなこと？」

家《いえ》に帰《かえ》って、お母《かあ》さんにたずねた。

「そうねえ。靴《くつ》やスリッパをかじるとか、くつ下《した》を隠《かく》すとか、ところかまわずオシッコしちゃうとか……なんでそんなこと聞《き》くの？」

「図書館《としょかん》に寄《よ》って、図鑑《ずかん》で調《しら》べたら、ミニチュアピンシャーってイタズラ好《ず》きって書《か》いてあったんだ。でもヤスシはイタズラしないよね」

「あら、秀介《しゅうすけ》、図書館《としょかん》に行《い》ったの？　偉《えら》いじゃない！　でも、図鑑《ずかん》に書《か》いてあることが、すべての犬《いぬ》にあてはまるとは限《かぎ》らないんじゃないかな。ヤスシは長《なが》いあいだペットショップにいたから、わがままなイタズラすることができないのかもしれないわね」

ヤスシは小枝《こえだ》をくわえたまま、ボクの隣《となり》でうたた寝《ね》していた。

そうか。

ヤスシは、あの狭《せま》いケージの中《なか》で、何《なん》か月《げつ》もひとりぼっちで過《す》ごしていたのか……。

かわいそうに。

このときはじめて、ボクはヤスシのことを大切《たいせつ》に思《おも》えたんだ。

ヤスシは、賢《かしこ》くて本当《ほんとう》に手《て》がかからないやつだった。トイレのマナーは、すぐに覚《おぼ》えてしまった。散歩《さんぽ》は決《き》まったコースからはずれず、ボクにしたがって歩《ある》いてくれる。ご飯《はん》やおやつは「よし」と言《い》われるまで食《た》べない。ご飯《はん》が入《はい》った器《うつわ》の前《まえ》にお座《すわ》りして、まっすぐボクを見上《みあ》げ、「よし」の合図《あいず》を待《ま》っている。

そんなヤスシを見《み》て、お父《とう》さんが言《い》った。

「ヤスシは賢《かしこ》いなあ。秀介《しゅうすけ》も、ヤスシを見習《みなら》いなさい」

テーブルに食器《しょっき》を並《なら》べていたお母《かあ》さんが、クックックッと、背中《せなか》で笑《わら》っている。

「犬《いぬ》を見習《みなら》えというのもどうかと思《おも》うんだけど～」

と文句《もんく》を言《い》ってはみたけれど……確《たし》かにヤスシはボクなんかと比《くら》べて出来《でき》たやつだから

な、と内心認《ないしんみと》めてしまっていた。

きまじめで口数《くちかず》が少《すく》ないお父《とう》さんが、時々《ときどき》、こんな冗談《じょうだん》を言《い》うようになったことにも実《じっ》は驚《おどろ》いている。お父《とう》さんもお母《かあ》さんも、そういえばボクも、ヤスシが家《いえ》に来《き》てからよく笑《わら》うようになったんだ。

以前《いぜん》は……休日《きゅうじつ》になるとお父《とう》さんは本《ほん》を片手《かたて》に縁側《えんがわ》で囲碁《いご》、お母《かあ》さんは庭《にわ》の手入《てい》れ、ボクは部屋《へや》でごろごろして、家族《かぞく》ばらばらに過《す》ごしていた。

でも今《いま》は違《ちが》う。ヤスシを囲《かこ》んで、居間《いま》にみんなが集《あつ》まるようになったんだ。

天気《てんき》のいい日《ひ》は家族《かぞく》そろって、ヤスシを連《つ》れて森林公園《しんりんこうえん》に出《で》かけることだってある。そういえば、親《おや》と歩《ある》いているところを友達《ともだち》に見《み》られたら恥《は》ずかしいと思《おも》っていたときもあったな……。つい最近《さいきん》のことだったけど、なぜかずっと昔《むかし》のことのように感《かん》じた。

ヤスシが来《き》てから、家族《かぞく》のきずなが強《つよ》くなったみたいだ。

ヤスシを受《う》け取《と》ってくれなかったユカさんを、あのときは、正直《しょうじき》、恨《うら》んだ。

でも今《いま》はむしろ、こう思《おも》っている。

ユカさん、ヤスシをもらってくれなくて、ありがとう。


ユカさんを怒《おこ》らせてしまったあの事件《じけん》から一《いっ》か月《げつ》くらいたったころ。授業《じゅぎょう》が終《お》わってランドセルに教科書《きょうかしょ》やノートをつめて帰《かえ》りじたくをしていると、

「大塚《おおつか》くん。あの犬《いぬ》、どうなった？」

最近《さいきん》は必要《ひつよう》なことしか話《はなし》をしていなかったユカさんが、きちんと話《はな》しかけてきた。

「えっと……うちにいますけど」

「よかった。ちょっと心配《しんぱい》してたんだ」

え？　心配《しんぱい》って？

ユカさんは、ホッとした様子《ようす》で、胸《むね》をなでおろした。

「あのときは、すみませんでした」

ユカさんを怒《おこ》らせた理由《りゆう》はいまだにわからなかったけど、ボクは謝《あやま》った。

「私《わたし》こそ、ごめんなさい。言《い》いすぎちゃったから」

ユカさんも、ちょこんと頭《あたま》をさげた。

「ねえ……あの犬《いぬ》に会《あ》わせてもらえない？」

「え？」

「今日《きょう》、大塚《おおつか》くんの家《いえ》に行《い》っていい？」

ユカさんが、うちに来《き》たがってる！

もちろんどうぞ！　……と言《い》いたいところではあったが、ボクはためらった。

「だめ？」

「いや……ダメではないんだけど、少《すこ》しばかり、お願《ねが》いがありまして」

「なに？　お願《ねが》いって？」

「ユカさんに犬《いぬ》をあげるって言《い》ったこと、お母《かあ》さんに黙《だま》っててもらえる？」

「？　……あっ」

ユカさんが思《おも》わずふき出《だ》した。そしてなんとなく状況《じょうきょう》を察《さっ》したようで、

「わかった、言《い》わない。約束《やくそく》する」

とだけ答《こた》え、くわしい理由《りゆう》は聞《き》いてこなかった。


ヤスシはいつも小枝《こえだ》をくわえている。そのしぐさが不思議《ふしぎ》にかわいいし、珍《めずら》しい犬《いぬ》なので犬種《けんしゅ》を聞《き》かれることも多《おお》い。みんな触《さわ》りたがるけど、ヤスシはなでられてもプイとそっぽを向《む》いて愛想《あいそ》がない。おやつにもなびかないし、特《とく》にヤスシがくわえている小枝《こえだ》を触《さわ》ろうとすると、サッと逃《に》げる。

大塚家《おおつかけ》の人間《にんげん》以外《いがい》に簡単《かんたん》に心《こころ》を開《ひら》かない、義理《ぎり》がたい男《おとこ》なのだ。でも、ユカさんには愛《あい》想《そ》よくしてくれよ。そんな風《ふう》にボクは心《こころ》の中《なか》で祈《いの》ってた。

ところが……。

ユカさんに会《あ》ったとたんヤスシはお腹《なか》を見《み》せる服従《ふくじゅう》のポーズをとったんだ！

大切《たいせつ》な小枝《こえだ》も、ユカさんの手《て》に押《お》しつけて渡《わた》してしまうほど気《き》を許《ゆる》した。

おい、お前《まえ》!!!

ボクにだって、そこまでしないのに……。いくらユカさんが美人《びじん》だからといって、デレデレしすぎだろ！

「かわい～！」

ユカさんは最高《さいこう》の笑顔《えがお》で、ヤスシから受《う》け取《と》った小枝《こえだ》を、庭《にわ》のすみへポーンと投《な》げた。

すると、ヤスシは「待《ま》ってました！」とばかり、ビュンと追《お》いかけていった。茂《しげ》みに入《はい》りこんだ小枝《こえだ》を見《み》つけたヤスシは、軽《かろ》やかな足取《あしど》りで戻《もど》ってきたんだ。

さあ、次《つぎ》はボクが投《な》げる番《ばん》だ。ヤスシから小枝《こえだ》をもらったら、今度《こんど》はもっと遠《とお》くへ投《な》げてやるからな。

……って、あれれ？

ヤスシはボクを通《とお》りこして、いそいそとユカさんのもとへ小枝《こえだ》を持《も》っていってしまった。

ガーーン。

かっこいいところをユカさんに見《み》せたかったのに。ヤスシとユカさんの息《いき》の合《あ》ったラリーは、延々《えんえん》と続《つづ》いた。

ボクというものがいながら、ヤスシの裏切《うらぎ》り者《もの》め！

ボクの胸《むね》のうちは、ヤスシに対《たい》する怒《いか》りと、ユカさんに対《たい》する嫉妬《しっと》で、メラメラもえていた。腕《うで》をくんでむっつりしていると、ユカさんがボクに、

「やっぱりあのとき、もらっておけばよかったかな、ヤスシくん」

と、イタズラっぽくささやいた。

いくらユカさんの頼《たの》みでも、今《いま》さらヤスシはあげません！

と、ボクは心《こころ》の中《なか》で叫《さけ》んだんだ。

でも、こうして、ユカさんとボクは仲直《なかなお》りできた。

ユカさんはヤスシに会《あ》うため、ちょくちょく遊《あそ》びに来《く》るようになったんだ。

ヤスシが大塚家《おおつかけ》に来《き》てから、三度目《さんどめ》の春《はる》が来《き》た。

ボクは中学三年生《ちゅうがくさんねんせい》、来年《らいねん》は高校受験《こうこうじゅけん》だ。できることなら、ユカさんと同《おな》じ高校《こうこう》に行《い》きたいけど、ユカさんは頭《あたま》がいいからなあ。中学三年生《ちゅうがくさんねんせい》は受験《じゅけん》のせいでストレスのかたまりだ。友達《ともだち》との話題《わだい》も、志望校《しぼうこう》のランクや受験勉強《じゅけんべんきょう》の進《すす》みぐあいなどが多《おお》くなってきた。ボクはお腹《なか》の中《なか》に重《おも》い石《いし》を抱《かか》えているような気分《きぶん》で毎日《まいにち》を過《す》ごしていた。

森林公園《しんりんこうえん》に行《い》きたいなあ……。

ヤスシの散歩《さんぽ》のコースを森林公園《しんりんこうえん》までのばして、小枝《こえだ》を投《な》げて遊《あそ》ぶのはストレス解消《かいしょう》にぴったりだ。でも今年《ことし》は梅雨《つゆ》が長引《ながび》き、森林公園《しんりんこうえん》はおろか、ふだんの散歩《さんぽ》だってあまり行《い》けやしない。受験《じゅけん》と、雨続《あめつづ》きでストレスがたまるいっぽうだ。ヤスシだって森林公園《しんりんこうえん》の青《あお》い草《くさ》の上《うえ》を、思《おも》いきりかけまわりたいに違《ちが》いない。

ユカさんも、さすがに雨《あめ》の日《ひ》は遊《あそ》びに来《こ》なかった。

あ〜あ、梅雨《つゆ》が恨《うら》めしい。

ボクとユカさんは、中学三年間《ちゅうがくさんねんかん》ずっと同《おな》じクラスだった。学年《がくねん》に二《ふた》クラスしかない小《ちい》さな中学校《ちゅうがっこう》だけど、それにしたってボクにとっては奇跡《きせき》だ。小学六年生《しょうがくろくねんせい》のときから数《かぞ》えると、かれこれ四年《よねん》、毎日《まいにち》のように、顔《かお》をあわせてきたことになる。

そのあいだ、ユカさんはせっせとヤスシに会《あ》いに来《き》た。

ロビンが亡《な》くなってから、ユカさんの家《いえ》は犬《いぬ》を飼《か》うことはなかった。ユカさんは生《う》まれたときからずっと、ロビンと暮《く》らしてきたんだ。

本当《ほんとう》は犬《いぬ》がいない生活《せいかつ》が寂《さび》しいのかもしれないな……。

ボクだって、もしヤスシがいなくなったら、耐《た》えられない。

ロビンが亡《な》くなったときのユカさんの悲《かな》しみが、最近《さいきん》ちょっとだけわかってきたような気《き》がする。


さっきまで強《つよ》かった雨足《あまあし》がだいぶ小降《こぶ》りになってきた。

居間《いま》でヤスシの小枝《こえだ》を投《な》げて遊《あそ》んでいると、突然《とつぜん》、ヤスシが廊下《ろうか》に飛《と》びだし猛《もう》スピードでかけていった。その直後《ちょくご》、

「遅《おそ》い時間《じかん》にすみません」

ユカさんの声《こえ》だ！

お母《かあ》さんは台所《だいどころ》で夕飯《ゆうはん》のしたくをはじめていて、ユカさんの声《こえ》に気《き》づかない。

ボクはすくっと立《た》ちあがって玄関《げんかん》に走《はし》っていった。すりガラスにユカさんの黒《くろ》い影《かげ》が透《す》けて見《み》える。

ヤスシは短《みじか》いしっぽをこまかく振《ふ》って、ボクが扉《とびら》を開《あ》けるのを待《ま》ちかまえていた。

「なにかあった？」

と、思《おも》わず声《こえ》をかけてしまうくらい、ユカさんは思《おも》いつめた顔《かお》で立《た》っていた。

ユカさんは片手《かたて》でヤスシを抱《だ》きあげると、か細《ぼそ》い声《こえ》で言《い》った。

「私《わたし》、お父《とう》さんの仕事《しごと》の都合《つごう》で、イギリスへ行《い》くことになったの」

「……イギリスって、外国《がいこく》の？」

動揺《どうよう》してしまい、当《あ》たり前《まえ》のことを聞《き》き返《かえ》してしまった。

ユカさんは、コクンとうなずいた。

それだけ言《い》うと、ユカさんはなにも言《い》わずヤスシをボクに渡《わた》し、雨《あめ》のなかを走《はし》り去《さ》ってしまった。ボクは追《お》いかけることもできず後《うし》ろ姿《すがた》を見送《みおく》った……ただただ、ぼうぜんと。

夕食《ゆうしょく》の後机《あとつくえ》に向《む》かったボクは、地図帳《ちずちょう》を開《ひら》いてイギリスを探《さが》した。ユカさんは、とてつもなく遠《とお》いところに行《い》ってしまう。

ヤスシを通《つう》じてユカさんと親《した》しくなった。実《じっ》はこの流《なが》れにのって、いずれ本格的《ほんかくてき》にお付《つ》き合《あ》いできるかもしれない……と秘《ひそ》かに期待《きたい》していた。

でも、願《ねが》いは叶《かな》わないで終《お》わりそうだった。

だって、ユカさんのようなきれいで賢《かしこ》い女《おんな》の子《こ》を、イギリスの男子《だんし》が放《ほう》っておくわけないじゃないか。

あきらめよう。六年生《ろくねんせい》のとき一度《いちど》は振《ふ》られた人《ひと》だもの。ボクはユカさんへの恋《こい》ごころを、すっぱり断《た》ちきることにした。

気《き》がつくと、ヤスシが勉強机《べんきょうづくえ》の下《した》に入《はい》りこんでボクを見上《みあ》げていた。

コトッ。

ボクと目《め》が合《あ》うと、くわえていた小枝《こえだ》を足元《あしもと》に落《お》とした。気晴《きば》らしに遊《あそ》ぼうぜ、とでも言《い》うかのように。ショックで落《お》ちこんでいるボクを、ヤスシなりに励《はげ》まそうとしているのだろうか。

「ありがと、ヤスシ。お互《たが》い、寂《さび》しくなるな」

ヤスシの小枝《こえだ》を拾《ひろ》おうと下《した》を向《む》いたら、床《ゆか》に涙《なみだ》がポタポタ落《お》ちた。

一学期《いちがっき》が終《お》わり、イギリスに旅立《たびだ》つ前日《ぜんじつ》、ユカさんがボクの家《いえ》に来《き》た。

「いよいよ明日《あした》だね」

「うん」

と答《こた》えたきり、ユカさんは黙《だま》りこんでしまった。

ヤスシはふだん通《どお》りユカさんに小枝《こえだ》を渡《わた》し、投《な》げてくれるのを待《ま》っている。するとユカさんは渡《わた》された小枝《こえだ》を、慣《な》れた手《て》つきで遠《とお》くへ投《な》げ飛《と》ばした。

でも……いつものような笑《わら》い声《ごえ》は聞《き》こえない。沈黙《ちんもく》のなか、ユカさんとヤスシの息《いき》の合《あ》ったラリーは続《つづ》いた。ボクも静《しず》かに、小枝《こえだ》のゆくえとユカさんの横顔《よこがお》をながめていた。

ブーン、ガチャ。

夕刊《ゆうかん》を配達《はいたつ》するバイクが家《いえ》の前《まえ》で止《と》まった。

「そろそろ、帰《かえ》るね」

ユカさんが、ぽつりとつぶやいた。そして、ユカさんは持《も》っていた小枝《こえだ》をヤスシの鼻先《はなさき》に持《も》っていき、返《かえ》そうとした。

でもヤスシは小枝《こえだ》を受《う》け取《と》ろうとしなかった。

コロンと寝転《ねころ》んでユカさんにお腹《なか》を見《み》せ、なでてくれとねだったんだ。

いつもはこんなことしないのに……。

『もうちょっとだけいっしょにいて』と引《ひ》き留《と》めているようだ。もしかして、ヤスシは、二度《にど》とユカさんと会《あ》えなくなると知《し》っているのだろうか？

ユカさんは、ヤスシのお腹《なか》を優《やさ》しくなでながら、もう片方《かたほう》の指先《ゆびさき》で自分《じぶん》の目《め》じりをぬぐっていた。

きっと泣《な》いている。ボクは奥歯《おくば》を噛《か》みしめ涙《なみだ》をこらえた。

しばらくなでていたけど、ユカさんは自分《じぶん》に言《い》い聞《き》かせるかのように、

「はい。ヤスシくん、もうおしまいっ！」

と、ヤスシのお腹《なか》をかるくポンッとたたいて、立《た》ちあがったんだ。

それからボクのほうに向《む》きなおったユカさんは、

「じゃあね」

と片手《かたて》を上《あ》げてサヨナラのポーズをとり、別《わか》れぎわ、四《よ》つ折《お》りのメモ用紙《ようし》をくれた。

「男子《だんし》で教《おし》えるのは、大塚《おおつか》くんだけだから」

ボクはなにも言《い》えなかった。

しゃべったら、こらえていた涙《なみだ》が一気《いっき》にあふれてしまう……奥歯《おくば》を噛《か》みしめたまま、小《ちい》さくなっていくユカさんの背中《せなか》を見送《みおく》ったあと、ボクはゆっくりと紙《かみ》を開《ひら》いた。

英語《えいご》だ。よく見《み》ると、住所《じゅうしょ》らしきものが書《か》いてある……。

ユカさんがこれから住《す》むイギリスの住所《じゅうしょ》だ。


翌日《よくじつ》から、中学校《ちゅうがっこう》は夏休《なつやす》みに入《はい》った。

ジリジリジリジリ……蝉《せみ》の熱気《ねっき》ある鳴《な》き声《ごえ》がひびくなか、受験生《じゅけんせい》のボクは朝《あさ》から机《つくえ》に向《む》かっていた。

でも、勉強《べんきょう》はしてなかった。

ユカさんに、手紙《てがみ》を書《か》いていたのだ。

イギリス行《い》きを聞《き》いた晩《ばん》、ユカさんのことはあきらめようと決《き》めた。でもサヨナラのとき……せめて「好《す》きでした」と気持《きも》ちだけは伝《つた》えておけばよかったと、今《いま》になって、もうれつに後悔《こうかい》していたんだ。

はぁ〜っ、ばか、ばか、ボクのバカぁ〜！

最後《さいご》のチャンスだったのに……ちゃんと告白《こくはく》して、きっぱり振《ふ》られたほうが、けじめがつけられたのになあ。意気地《いくじ》がなくて、モヤモヤした初恋《はつこい》の終《お》わり方《かた》になってしまった。

でもせっかく男子《だんし》でボクにだけ住所《じゅうしょ》を教《おし》えてもらったんだ。勇気《ゆうき》を出《だ》して……手紙《てがみ》で告《こく》白《はく》しようと、決意《けつい》を固《かた》めたのだ。

ボクが机《つくえ》に向《む》かっている時間《じかん》は、ヤスシはひとり遊《あそ》びの時間《じかん》だった。

ポーン、ポーン。

サッカー選手《せんしゅ》がボールをけり上《あ》げるように、器用《きよう》に鼻先《はなさき》をつかって小枝《こえだ》をポンと遠《とお》くへ飛《と》ばし、拾《ひろ》って、また飛《と》ばし、拾《ひろ》っては飛《と》ばし、を、ひたすら繰《く》り返《かえ》している。小枝《こえだ》を手《て》の先《さき》でチョンとつついて、部屋《へや》のすみからすみまで転《ころ》がして、行《い》ったり来《き》たりしていることともある。

遊《あそ》びつかれると、小枝《こえだ》をかじったまま、うたた寝《ね》している。

ヤスシに投《な》げられ、転《ころ》がされ、かじられ、小枝《こえだ》はだんだんとすり減《へ》っていく。最初《さいしょ》はきれいな茶色《ちゃいろ》だった小枝《こえだ》も、今《いま》や、真《ま》っ黒《くろ》に汚《よご》れ、小枝《こえだ》に見《み》えないほどだ。

ヤスシがくわえている、この小枝《こえだ》は、何代目《なんだいめ》だろう……。小枝《こえだ》が小《ちい》さくなって汚《よご》れてくると、お母《かあ》さんが新《あたら》しい小枝《こえだ》を切《き》りだして交換《こうかん》してあげるんだ。ただし、酸《す》っぱい赤《あか》い実《み》がなる、ひめりんごの小枝《こえだ》でないと、なぜかヤスシは受《う》け取《と》らない。

一度《いちど》、お母《かあ》さんが違《ちが》う木《き》の枝《えだ》を渡《わた》してみたら、ニオイをかぐなり『ぼくが好《す》きなのはコレじゃありません』と、プイッとそっぽを向《む》いてしまった。

その日《ひ》、ボクが机《つくえ》に向《む》かってユカさんに手紙《てがみ》を書《か》いていると、背中《せなか》に視線《しせん》を感《かん》じた。

振《ふ》り返《かえ》るとヤスシが刺《さ》すような目《め》つきで、じぃ――っと、こちらを見《み》つめている。

『勉強《べんきょう》しないでなにしてんの？』と、ささやく声《こえ》が聞《き》こえてくるようだ。

う〜〜ん、困《こま》った……。

これでは落《お》ち着《つ》いて手紙《てがみ》が書《か》けやしない。男同士《おとこどうし》、ヤスシだけには白状《はくじょう》するしかないな。

「ヤスシ、おいで」

太《ふと》ももをたたくと、ヤスシが軽々《かるがる》と飛《と》びのってきた。

「今《いま》、ユカさんに手紙《てがみ》を書《か》いてるんだ」

ユカさん、という言葉《ことば》に、ヤスシはピクッと反応《はんのう》してボクを見上《みあ》げた。

「ヤスシは、なんとなく感《かん》づいているだろうけど、ユカさんは、イギリスっていう遠《とお》い国《くに》へ行《い》っちゃったんだ」

ヤスシはボクの言葉《ことば》を聞《き》き逃《のが》すまいと両耳《りょうみみ》をピンとそばだてて、おとなしく聞《き》いている。

「手紙《てがみ》はね、離《はな》れて暮《く》らす愛《いと》しい人《ひと》に愛《あい》を伝《つた》える、一番《いちばん》の方法《ほうほう》だと思《おも》うんだ。だからユカさんに、ボクの気持《きも》ちを告白《こくはく》することにしたんだ」

ヤスシは、机《つくえ》の上《うえ》に目《め》をうつし、書《か》きかけの手紙《てがみ》をまじまじと見《み》つめていた。まるで読《よ》んでいるかのように、文字《もじ》を目《め》で追《お》いかけて。

部屋《へや》に差《さ》し込《こ》む朝日《あさひ》で目《め》が覚《さ》めた。昨日《きのう》は手紙《てがみ》を書《か》いたまま寝《ね》てしまったようだ。机《つくえ》に広《ひろ》げたままの手紙《てがみ》を読《よ》み返《かえ》す。

どっひゃ〜っ、やっちまった！

慌《あわ》てて手紙《てがみ》をくしゃくしゃにまるめた。

夜中《よなか》にラブレターを書《か》いちゃいけないと聞《き》くけど、これは本当《ほんとう》だ。

中三《ちゅうさん》にして、世《よ》の中《なか》の真理《しんり》をはじめて経験《けいけん》してしまった。

浮《う》わついた文章《ぶんしょう》のなかに、愛《あい》してるとか、まったく使《つか》い慣《な》れていない恥《は》ずかしい言葉《ことば》が乱用《らんよう》され、今読《いまよ》むと背筋《せすじ》が凍《こお》りつく手紙《てがみ》が書《か》きあがっていたのだ。こんな手紙《てがみ》を送《おく》ったら、振《ふ》られるどころか気持《きも》ち悪《わる》がられる。

ビリリ、ビリリ、………。

お母《かあ》さんに読《よ》まれないように、細《こま》かく細《こま》かく便《びん》せんを引《ひ》きちぎった。その日以来《ひいらい》、紙《かみ》くずと化《か》した便《びん》せんがひらひらとゴミ箱《ばこ》に落《お》ちていくのをながめるのが、朝《あさ》の日課《にっか》になった。

そんな失敗《しっぱい》をさんざん繰《く》り返《かえ》して、やっと落《お》ち着《つ》いた手紙《てがみ》が、これだった。


「お互《たが》い元気《げんき》でがんばるワン！

大塚《おおつか》　秀介《しゅうすけ》
ヤスシより」

差《さ》し出《だ》し人《にん》も、ヤスシと連名《れんめい》にした。

何日《なんにち》も何日《なんにち》もかかって、結果《けっか》、こんな短《みじか》くてふざけた文面《ぶんめん》になってしまった。意気地《いくじ》なしのボクには、こんな手紙《てがみ》しか書《か》けなかったのだ。

はあぁ～、情《なさ》けない。


恋《こい》をあきらめ、まじめに受験勉強《じゅけんべんきょう》をしたボクは、地元《じもと》で二番目《にばんめ》に優秀《ゆうしゅう》な高校《こうこう》に合格《ごうかく》した。高校《こうこう》ではユカさんみたいなすてきな人《ひと》に出会《であ》うこともなく進学校《しんがっこう》でひたすら勉強《べんきょう》し、国立《こくりつ》大学《だいがく》に現役《げんえき》で合格《ごうかく》した。頭《あたま》のいいユカさんに少《すこ》しでも追《お》いつきたいと思《おも》っていたから、ここまでがんばれたんだと思《おも》う。

大学生《だいがくせい》になるとひとり暮《ぐ》らしをはじめる人《ひと》が多《おお》いけど、ボクはご飯《はん》も炊《た》けないし、掃除《そうじ》も苦手《にがて》だし、洗濯《せんたく》もしたことがない。家《いえ》から大学《だいがく》まで遠《とお》かったけど、早起《はやお》きすればなんとかなりそうだったので、自宅《じたく》から通《かよ》うことにした。

大学《だいがく》での研究《けんきゅう》は思《おも》ったより面白《おもしろ》くて、勉強嫌《べんきょうぎら》いだったはずのボクが、大学院《だいがくいん》まで進《すす》むことになった。

ヤスシは十二歳《じゅうにさい》になった。

人間《にんげん》の年齢《ねんれい》に置《お》きかえると七十歳《ななじっさい》くらいで、鼻《はな》のまわりの毛《け》が白《しろ》くなっていた。あいかわらず、お気《き》に入《い》りのひめりんごの小枝《こえだ》をくわえている。ただ、小枝《こえだ》を投《な》げても若《わか》いころのようなすばやい反応《はんのう》はできなくなった。自慢《じまん》のジャンプ力《りょく》もおとろえた。

大学院《だいがくいん》から帰《かえ》ったボクによりかかり、小枝《こえだ》をくわえてうたた寝《ね》ばかりするようになった。


そんなある日《ひ》のことだった。

大学《だいがく》の研究室《けんきゅうしつ》に家《いえ》から電話《でんわ》がかかってきた。電話《でんわ》の向《む》こうでお母《かあ》さんが声《こえ》をつまらせた。

「ヤスシが……死《し》んじゃった……」

あと一《いっ》か月《げつ》で、十三歳《じゅうさんさい》の誕生日《たんじょうび》を迎《むか》えるはずだった。

ヤスシが息《いき》を引《ひ》きとったとき家《いえ》には誰《だれ》もいなかったという。

ひとりで、ひっそり旅立《たびだ》っていったんだ。
ミニチュアピンシャーの寿命《じゅみょう》は、十一年《じゅういちねん》から十四年《じゅうよねん》。そういう年齢《ねんれい》だったんだろう。
でも……。

ヤスシが亡《な》くなって、今日《きょう》で二週間《にしゅうかん》。
ボクは毎日《まいにち》、家《いえ》に帰《かえ》るのがつらかった。
家《いえ》じゅうのいたるところにヤスシの気配《けはい》が残《のこ》っているからだ。
洗面所《せんめんじょ》のフックにかかった、黄色《きいろ》いレインコート。
かごに入《はい》った、半分残《はんぶんのこ》っているジャーキー。
小枝《こえだ》をくわえてうたた寝《ね》していた、専用《せんよう》の座布団《ざぶとん》。
ブラシに残《のこ》った、短《みじか》い毛《け》。
ボクの部屋《へや》にしみついた、におい。

きついよ、ヤスシ。

急《きゅう》にいなくなるなんて。

十二年《じゅうにねん》もいっしょにいたんだから、さよならくらい言《い》わせてくれてもよかったじゃないか。

帰《かえ》ってきてくれ、ヤスシ。

ボクは毎晩《まいばん》、枕《まくら》に顔《かお》をうずめ、声《こえ》をころして泣《な》いていた。


今《いま》になって、ボクはようやくわかったんだ。

ロビンが亡《な》くなったときのユカさんの哀《かな》しさ、苦《くる》しさ、つらさが。

あのときのボクは、ペットが亡《な》くなったくらいで、なぜユカさんはいつまでも哀《かな》しむのか不思議《ふしぎ》だった。

どうして、ロビンのかわりにあげた犬《いぬ》を受《う》け取《と》らないのだろう。

なんでユカさんは「ロビンのかわり」と言《い》ったボクを、激《はげ》しく怒《おこ》ったんだろう。

そう思《おも》っていた。

だけど。

ヤスシは、ヤスシじゃなきゃダメなんです。

ヤスシのかわりなんていないんです。

ボクはユカさんに、あまりにもヒドいことを言《い》ってしまった。

できることなら、会《あ》って心《こころ》から謝《あやま》りたい。

でもユカさんがイギリスに行《い》ってしまってから、ヤスシと連名《れんめい》の手紙《てがみ》を送《おく》った以外《いがい》、連《れん》絡《らく》は取《と》っていなかった……。


数日後《すうじつご》、ボクにエアメールが届《とど》いた。


えっ？

驚《おどろ》いて差出人《さしだしにん》を何度《なんど》も見直《みなお》した。

だってそれはユカさんの名前《なまえ》だったんだ。

ボクは、いそいで封《ふう》をやぶって便《びん》せんを開《ひら》いた。

久《ひさ》しぶり。元気《げんき》ですか。

とうとつな話《はなし》だけど、ロビンから手紙《てがみ》が届《とど》いたんです。

子《こ》どものころ、私《わたし》が飼《か》っていた、チワワのロビンからです。

どうやらこの世界《せかい》のどこかに、犬《いぬ》が人間《にんげん》のように暮《く》らしている国《くに》があって、ロビンはそこにいるみたいなの。

その世界《せかい》で、突然《とつぜん》、ヤスシくんがロビンを訪《たず》ねてきたそうです。

私《わたし》が持《も》っていた写真《しゃしん》で、ロビンの顔《かお》を覚《おぼ》えていたんだって。

ヤスシくんはロビンに会《あ》うなり、私《わたし》に手紙《てがみ》を書《か》くようにすすめたそうよ。

そういえば、私《わたし》がイギリスに引《ひ》っ越《こ》したあと、大塚《おおつか》くん、毎日《まいにち》せっせと私《わたし》に宛《あ》てた手紙《てがみ》を書《か》いていたってホント？

大塚《おおつか》くんはヤスシくんに手紙《てがみ》を見《み》せながら、言《い》ったそうね。

「手紙《てがみ》はね、離《はな》れて暮《く》らす愛《いと》しい人《ひと》に愛《あい》を伝《つた》える、一番《いちばん》の方法《ほうほう》だと思《おも》うんだ」と。

あの短《みじか》い手紙《てがみ》に愛《あい》がつまっていたとは、ちょっとわからなかったけどね。

ヤスシくんはロビンに言《い》ったそうよ。

大好《だいす》きなユカちゃんに「愛《あい》を伝《つた》えなよ」って。

私《わたし》、ずっと自分《じぶん》が許《ゆる》せなかったの。もっとはやく動物病院《どうぶつびょういん》で診《み》てもらっていたらロビンの命《いのち》を救《すく》うことができたんじゃないか、って。

でも、ロビンの手紙《てがみ》には、こう書《か》いてあった。


「ユカちゃんは、ぼくが病院《びょういん》を好《す》きじゃないこと知《し》っていたでしょ。

ぼくはおうちで静《しず》かに、みんなとサヨナラしたかったんだ。

大好《だいす》きなユカちゃんの顔《かお》を、最後《さいご》にいっぱい見《み》ることができてよかった。

だってぼく、まだユカちゃんの顔《かお》をはっきり思《おも》い出《だ》せるんだ。

いつまでも忘《わす》れないよ」


ロビンの気持《きも》ちを聞《き》いてホッとして、いっぱい泣《な》いちゃった。

ずっと後悔《こうかい》していたけど、今《いま》ではすっきりしています。

ヤスシくんのおかげです。

ヤスシくんに手紙《てがみ》を教《おし》えてくれた大塚《おおつか》くんにも、お礼《れい》を言《い》います。
ありがとう。日本《にほん》に戻《もど》ったら、必《かなら》ず連絡《れんらく》します。

渋谷《しぶや》ユカ

ヤスシのやつ、バラしたな。
ま、いっか。
なあ、ヤスシ。
いつかボクにも手紙《てがみ》、くれよな。

3章《しょう》

ナツメとキララ

～片《かた》っぽのくつした～

キーンコーン、カーンコーン。

チャイムと同時《どうじ》に、六年二組《ろくねんにくみ》の学活《がっかつ》の時間《じかん》がはじまった。

「はい！　先生《せんせい》」

教壇《きょうだん》の目《め》の前《まえ》の席《せき》に座《すわ》る女《おんな》の子《こ》が、まっすぐ手《て》を上《あ》げた。

「岡田《おかだ》さん、なんでしょう」

女《おんな》の子《こ》は、ガタンと席《せき》を立《た》って私《わたし》に聞《き》いた。

「えっと、ナツメ先生《せんせい》はどうして、右足《みぎあし》と左足《ひだりあし》が、違《ちが》うくつ下《した》なんですか？」

私《わたし》は思《おも》わず笑《わら》ってこう答《こた》えた。

「鋭《するど》いなあ。気《き》づかれちゃったか」

今日《きょう》のコーデはこれ。右足《みぎあし》は黄色《きいろ》に白《しろ》のドット柄《がら》。左足《ひだりあし》はネイビーとグレーのボーダー柄《がら》のくつ下《した》。

私《わたし》は自分《じぶん》のくつ下《した》が生徒《せいと》たちに見《み》えるように、少《すこ》しパンツのすそを上《あ》げた。

すると前《まえ》に集《あつ》まって足元《あしもと》をのぞいた生徒《せいと》たちが、

「ホントだ～！　ナツメ先生《せんせい》、変《へん》なの～！」

と、笑《わら》いだし、大騒《おおさわ》ぎになってしまった。

でも私《わたし》は、どんなに笑《わら》われても恥《は》ずかしくなんかない。

だって片《かた》っぽずつのくつ下《した》は、大切《たいせつ》な宝物《たからもの》だから。


私《わたし》が十三歳《じゅうさんさい》のころ。

「ねえ〜、うちも犬《いぬ》、飼《か》おうよ〜」

中学校《ちゅうがっこう》が夏休《なつやす》みに入《はい》ってから、私《わたし》は、お父《とう》さんとお母《かあ》さんにせがみ続《つづ》けていた。

なぜなら、親友《しんゆう》の春花《はるか》ちゃんの家《いえ》で飼《か》いはじめた犬《いぬ》が、かわいくてかわいくてうらやましかったから。でも、どんなに頼《たの》んでも、お父《とう》さんとお母《かあ》さんは「またか」と、めんどうくさそうな顔《かお》をするだけで返事《へんじ》がない。さすがに腹《はら》が立《た》ってきた。

だって私《わたし》は真剣《しんけん》だったから。

「ねえ！　聞《き》いてるのっ？」

すると、お母《かあ》さんがふぅーっとひとつため息《いき》をつき、静《しず》かに言《い》った。

「ナツメに犬《いぬ》の世話《せわ》ができると思《おも》えないのよ」

「なんで？」

「お父《とう》さんもお母《かあ》さんも、子《こ》どものころ飼《か》っていたからわかるけど、犬《いぬ》の世話《せわ》って大変《たいへん》なのよ。ね、お父《とう》さん」

「う、うん……まあ……そうだな」

お父《とう》さんの相《あい》づちは、なんだか歯切《はぎ》れが悪《わる》かった。

あれ……？　もしかしたらお父《とう》さんも犬《いぬ》を飼《か》いたいの？

お父《とう》さんのほうをチラッと見《み》ると、慌《あわ》てて新聞《しんぶん》で顔《かお》を隠《かく》してしまった。

味方《みかた》かと思《おも》ったけど、違《ちが》ったみたい。

「だけどさあ、うちも犬《いぬ》がいたら、楽《たの》しいよ〜、ねっ、お母《かあ》さん！」

「雨《あめ》の日《ひ》も雪《ゆき》の日《ひ》も、毎日散歩《まいにちさんぽ》に連《つ》れていかなければならないし、マナーも覚《おぼ》えさせないといけないのよ。トイレの世話《せわ》や、ご飯《はん》の用意《ようい》、ブラシかけ、飼いはじめたら、こまごまとやることがあるの。ナツメみたいなあきっぽい子《こ》に、世話《せわ》が続《つづ》けられるかしら？」

「大丈夫《だいじょうぶ》、任《まか》せて！」

自信《じしん》たっぷりに答《こた》えた。私《わたし》って、やればできる子《こ》なんだから！

「それはどうかなあ」

お母《かあ》さんはしらっとした目《め》で、こう続《つづ》けた。

「ナツメが〝どうしても習《なら》いたい！〟って、ねだってはじめたピアノもバレエも、三《さん》か月《げつ》と続《つづ》かなかったわよね」

……うっ。おしゃる通《とお》り……返《かえ》す言葉《ことば》がない。

でも、ここで引《ひ》きさがったら、この先犬《さきいぬ》を飼《か》うチャンスはないかもしれない。

私《わたし》は、めげずに言《い》い返《かえ》した。

「あのころは小学生《しょうがくせい》だったけど、もう、中一《ちゅういち》だよ。中学生《ちゅうがくせい》なんだから犬《いぬ》の世話《せわ》くらいできるってば」

するとお母《かあ》さんは、私《わたし》の言葉《ことば》にのっかってきたのだ。

「そうね！　中学生《ちゅうがくせい》になったんだからできるかもしれないわね。ナツメが毎日《まいにち》こつこつ宿《しゅく》題《だい》をやって、夏休《なつやす》み最後《さいご》の日曜日《にちようび》までに終《お》わらせたら、犬《いぬ》を飼《か》うことを許《ゆる》してあげましょう」

「え？」

「小学生《しょうがくせい》のナツメは、毎年夏休《まいとしなつやす》みギリギリまで宿題《しゅくだい》をしないで遊《あそ》んでたわよね」

「そうだっけ？」

雲行《くもゆ》きがあやしくなってきたので、とぼけてみる。

「残《のこ》り三日《みっか》であせって宿題《しゅくだい》をして、結局終《けっきょくお》わらなくて、お父《とう》さんとお母《かあ》さんに泣《な》きついて、手伝《てつだ》わせたわよね」

お母《かあ》さんはギロリとにらみをきかせた。

「……その通《とお》り、です」

「でも、中一《ちゅういち》になったのだから、ためこまずに、毎日宿題《まいにちしゅくだい》できるわね」

私《わたし》が答《こた》えをしぶっていると、

「小学生《しょうがくせい》のころとは違《ちが》うんでしょ？　中学生《ちゅうがくせい》だものね。一日《いちにち》もさぼらず宿題《しゅくだい》を続《つづ》けられたら、犬《いぬ》を飼《か》うことを許《ゆる》しましょう。お父《とう》さんもお母《かあ》さんも、今年《ことし》こそ、夏休《なつやす》み最後《さいご》の日曜《にちよう》日《び》をのんびり過《す》ごしたいわ」

お母《かあ》さんの言葉《ことば》に、お父《とう》さんが、うむ、と大《おお》げさにうなずいた。

正直《しょうじき》なところ、絶対《ぜったい》という自信《じしん》はない。だけど、そもそも「中一《ちゅういち》だからできる」を主張《しゅちょう》したのは私《わたし》……。

「……わかりました」

追《お》いこまれた私《わたし》は、しぶしぶ条件《じょうけん》をのんだ。お母《かあ》さんはニヤリとすると、

「オマケもつけましょう」

「オマケって……お菓子《かし》とかについている？」

「いいえ。オマケは、ラジオ体操《たいそう》！　毎朝《まいあさ》！　通《かよ》うことです!!」

トホホ……中一《ちゅういち》の夏《なつ》は、かなり厳《きび》しくなりそうです。


翌朝《よくあさ》、目覚《めざ》まし時計《どけい》のベルで六時《ろくじ》に目《め》が覚《さ》めた。今日《きょう》から、六時三十分《ろくじさんじっぷん》にはじまるラジオ体操《たいそう》に通《かよ》わなければいけないのだ。

マジ眠《ねむ》い〜、あと三十分《さんじっぷん》、寝《ね》かせて〜。

くじけそうになりながら、なんとか起《お》き上《あ》がろうとしたとき、網戸《あみど》からしめっぽい風《かぜ》が流《なが》れこんできた。耳《みみ》をすますと、ざあざあと地面《じめん》をたたきつける音《おと》……。

雨《あめ》だ！　初日《しょにち》から超《ちょう》ラッキー！　私《わたし》は再《ふたた》び、ベッドに倒《たお》れこんだ。

その瞬間《しゅんかん》、あの音楽《おんがく》が鳴《な》りはじめたのだ！
……え、なんで？　どういうこと？
ベッドを転《ころ》げ出《で》て、私《わたし》は、音《おと》のするリビングへ確《たし》かめに向《む》かった。
げげっ！　なんですか、これ……。
お母《かあ》さんが、気《き》をつけの姿勢《しせい》で胸《むね》を張《は》って立《た》っている。
しかも音楽《おんがく》にあわせ、つま先《さき》だちでリズムまで取《と》っているし！
私《わたし》に気《き》づいたお母《かあ》さんは、ニコッと笑《わら》って、元気《げんき》よく声《こえ》を張《は》り上《あ》げた。
「雨《あめ》の日《ひ》は、家《いえ》で、ラジオ体操《たいそう》をやりま～～～～す！」
……そんなぁ～。
がっくり肩《かた》を落《お》とす私《わたし》の背中《せなか》を、お母《かあ》さんがポンとたたいた。
「ラジオ体操《たいそう》、第一《だいいち》～」
聞《き》きなれた声《こえ》が部屋《へや》にひびく。
お母《かあ》さんにアゴでうながされ、私《わたし》はパジャマのまま両手《りょうて》をブンッと振《ふ》りはじめた。

朝《あさ》ご飯《はん》を食《た》べ終《お》えた私《わたし》は、仕方《しかた》なく自分《じぶん》の部屋《へや》で宿題《しゅくだい》をはじめた。

でもラジオ体操《たいそう》で体《からだ》を動《うご》かしたせいだろうか？　頭《あたま》がすっきりして、いつもよりスラスラと問題《もんだい》がとける！　このペースなら、かなり先《さき》まで宿題《しゅくだい》が進《すす》みそう。

この調子《ちょうし》でまとめて終《お》わらせちゃおう！

ページをめくったときだった。

「ナツメ？」

ギクッ！

後《うし》ろにお母《かあ》さんが立《た》っていた。

「も〜、驚《おどろ》かせないでよ〜　心臓《しんぞう》に悪《わる》いよ〜」

笑《わら》いながら言《い》ったのに、お母《かあ》さんはクスリともせず、

「十日分《とおかぶん》くらいまとめて宿題《しゅくだい》をやっちゃおう、って思《おも》っているでしょ」

私《わたし》が考《かんが》えていたことを、ずばり言《い》い当《あ》てた。

「そうだよ。だって、夏休《なつやす》み最後《さいご》の日曜日《にちようび》までに宿題《しゅくだい》を終《お》わらせなきゃダメなんでしょ？」

お母《かあ》さんは目《め》を閉《と》じて、いいえ、と首《くび》を振《ふ》った。

「宿題《しゅくだい》を、早《はや》く終《お》わらせなさい、とは言《い》ってません」

「え？」

「ラジオ体操《たいそう》も、宿題《しゅくだい》も、夏休《なつやす》み最後《さいご》の日曜日《にちようび》まで、一日《いちにち》もさぼらず、毎日続《まいにちつづ》けられたら、犬《いぬ》を飼《か》うことを許《ゆる》します、と言《い》ったはずよ」

「だから、ちゃんとやってるじゃん」

「そういうことじゃないのよ。本音《ほんね》を言《い》うと、お父《とう》さんとお母《かあ》さんだって犬《いぬ》は大好《だいす》きよ。犬《いぬ》を飼《か》うことは、ナツメにとっていい勉強《べんきょう》になると思《おも》うの」

「だったら、こんな試練《しれん》をあたえなくても」

私《わたし》は小声《こごえ》で、もごもごつぶやいた。

「よく聞《き》いて。お母《かあ》さんは、ナツメがあきっぽい性格《せいかく》のまま、犬《いぬ》を飼《か》うことに反対《はんたい》なの」

「なんで？」

「犬《いぬ》は命《いのち》を持《も》った生《い》き物《もの》よね」

「うん」

「習《なら》いごとみたいに、〝あきたからやめます〟って放《ほう》りだすことはできないって、ナツメはわかっているかな」

……っ！

お母《かあ》さんに言《い》われるまで、犬《いぬ》は命《いのち》を持《も》った生《い》き物《もの》という、当《あ》たり前《まえ》のことについて考《かんが》えたこともなかった。

「ナツメがあきて放《ほう》りだしたら、犬《いぬ》は死《し》んじゃうのよ」

かわいいし、お友達《ともだち》も飼《か》ってるし、と、ぬいぐるみやマスコットを持《も》ち歩《ある》くように軽々《かるがる》しく欲《ほ》しがっていることに気《き》づいた。もし、簡単《かんたん》に犬《いぬ》を飼《か》うことが許《ゆる》されていたら、お父《とう》さんとお母《かあ》さんが心配《しんぱい》している結末《けつまつ》を迎《むか》えていたかもしれない。

お母《かあ》さんの気持《きも》ち、今《いま》、わかったよ。なぜ私《わたし》に、毎日《まいにち》こつこつ、宿題《しゅくだい》とラジオ体操《たいそう》をさせようとしているか。

「ありがとう、お母《かあ》さん。がんばって、さぼらないで続《つづ》けてみる！」

私《わたし》は、あきっぽい性格《せいかく》を必《かなら》ずなおそうと、強《つよ》く決意《けつい》した。

とはいえ……疲《つか》れていたり、めんどうになって、今日《きょう》はさぼりたいな、っていう日《ひ》が何《なん》度《ど》もあった。
くじけそうになるたび、友達《ともだち》が犬《いぬ》を散歩《さんぽ》させたり、楽《たの》しそうに遊《あそ》ぶ姿《すがた》を思《おも》い出《だ》して、ふんばったんだ。犬《いぬ》を飼《か》いたいって気持《きも》ちは、ホントにホントに本物《ほんもの》だったんだもの！

夏休《なつやす》み最後《さいご》の日曜日《にちようび》。
お父《とう》さんとお母《かあ》さんは今年《ことし》はゆっくり過《す》ごしていた。
約束通《やくそくどお》り、私《わたし》が宿題《しゅくだい》とラジオ体操《たいそう》をさぼらず続《つづ》けたから！
ラジオ体操《たいそう》も皆勤賞《かいきんしょう》でカードはスタンプで埋《う》め尽《つ》くされてるし、自由研究《じゆうけんきゅう》も読書感想文《どくしょかんそうぶん》
もとっくに終《お》わっている。
夏休《なつやす》み最後《さいご》の日曜日《にちようび》がこんなにすがすがしいなんて知《し》らなかった！
朝《あさ》ご飯《はん》のあと、今日《きょう》の宿題《しゅくだい》を片《かた》づけてリビングに行《い》くと、
「よくがんばりましたー！　ナツメえらい！」
お父《とう》さんとお母《かあ》さんが、拍手《はくしゅ》で迎《むか》えてくれた。
私《わたし》は照《て》れくささを隠《かく》して、チョコンと頭《あたま》をさげた。

本音《ほんね》を言《い》うと、はじめのうちは、めんどうだなあと嫌々《いやいや》やっていた。

でも、一週間続《いっしゅうかんつづ》けると、体《からだ》が慣《な》れはじめたんだ。

朝六時《あさろくじ》に起《お》きて、ラジオ体操《たいそう》に通《かよ》って、朝《あさ》ご飯《はん》を食《た》べて、机《つくえ》に向《む》かうことが、一日《いちにち》の流《なが》れになった。

雨《あめ》の日《ひ》に家《いえ》でお母《かあ》さんとするラジオ体操《たいそう》も、だんだん楽《たの》しみになっていって……。

あきっぽい私《わたし》だったけど、犬《いぬ》を飼《か》うという目標《もくひょう》のおかげで、少《すこ》しは変《か》われたかな？


お母《かあ》さんが、私《わたし》に向《む》かってチラシをひらひらさせた。

「なあに？　それ」

「おととい、ポストに入《はい》っていたイベントのチラシ」

「イベント？　なんの？」

「今日《きょう》、森林公園《しんりんこうえん》で犬《いぬ》や猫《ねこ》の保護活動《ほごかつどう》をしているボランティア団体《だんたい》のイベントがあるみたいなの。みんなで行《い》ってみない？」

「さんせーい！」

私《わたし》は、右手《みぎて》のこぶしを上《あ》げた。

森林公園《しんりんこうえん》はこの地域《ちいき》で一番大《いちばんおお》きい市民《しみん》のいこいの場《ば》。子《こ》ども向《む》けのアスレチックやバーベキューやドッグランの施設《しせつ》がある人気《にんき》スポットだ。春《はる》はお花見《はなみ》、夏《なつ》は盆踊《ぼんおど》り大会《たいかい》、秋《あき》は運動会《うんどうかい》が開《ひら》かれ、休日《きゅうじつ》はさまざまなイベント会場《かいじょう》としても利用《りよう》されている。

「日曜《にちよう》にしては、駐車場《ちゅうしゃじょう》に空《あ》きがあるな」

お父《とう》さんが車《くるま》を停《と》めながら言《い》った。

「そりゃあ、夏休《なつやす》み最後《さいご》の日曜日《にちようび》だもん。今《いま》までだったら、私《わたし》たちも来《こ》られなかったわよ、ねえ？　ナツメ」

「家《いえ》で泣《な》きながら宿題《しゅくだい》やってる子《こ》、今日《きょう》もこの町《まち》のどこかにいっぱいいるんじゃない？　毎日《まいにち》コツコツやらなかったから」

お母《かあ》さんと顔《かお》を見合《みあ》わせて、ムフフと笑《わら》いあった。

去年《きょねん》までの私《わたし》のように、夏休《なつやす》み最後《さいご》の日曜日《にちようび》に、ベソをかいて宿題《しゅくだい》してる小学生《しょうがくせい》がたくさんいるのかも……と優越感《ゆうえつかん》にひたりつつ、イベント会場《かいじょう》に向《む》かった。

保護団体《ほごだんたい》のイベントって、どういうものなんだろう。

人《ひと》なつこい犬《いぬ》や猫《ねこ》とふれあえるのかな。

トイプードルやチワワもいるかな。


広《ひろ》い会場《かいじょう》に、犬《いぬ》が入《はい》っているケースがたくさん並《なら》んでいた。

でも想像《そうぞう》とはまったく様子《ようす》が違《ちが》うみたい……。

どのケースをのぞいても、テレビや雑誌《ざっし》に出《で》ているような犬《いぬ》とはお世辞《せじ》にも言《い》えない感《かん》じ……。ペットショップに並《なら》んでいるような、かわいい子犬《こいぬ》もいない。


年老《としお》いて目《め》が白《しろ》くにごっている犬《いぬ》。

片足《かたあし》をひきずっている犬《いぬ》。

背中《せなか》を向《む》けてまるまっている犬《いぬ》。

すみっこでこまかく震《ふる》えている犬《いぬ》。

人《ひと》が近《ちか》づくとあからさまに奥《おく》へ逃《に》げていく犬《いぬ》。

人《ひと》なつこい犬《いぬ》なんか一匹《いっぴき》もいない。どの犬《いぬ》もケースに近《ちか》づくと顔《かお》をそむけてしまう。

「お母《かあ》さん、ここにいる犬《いぬ》、もしかして病気《びょうき》なの？」

「ううん、病気《びょうき》じゃないわ。人間《にんげん》を信用《しんよう》できなくなってしまったの。ここにいる子《こ》たちは、飼《か》い主《ぬし》にいじめられていた犬《いぬ》や、捨《す》てられた犬《いぬ》なの」

だからみんな私《わたし》をさけていたんだ……。

私《わたし》にいじめられるかもしれないって、おびえていたんだ。

「お母《かあ》さんたちはあっちのチワワを見《み》てくるから、ナツメもいろいろまわって見《み》てきなさい」

私《わたし》の宿題《しゅくだい》でもめなかったからか、この夏《なつ》はお父《とう》さんとお母《かあ》さん、仲《なか》がいいみたい。

ふたりは腕《うで》を組《く》んで、チワワが集《あつ》まっている場所《ばしょ》へ行《い》ってしまった。

私《わたし》もぶらぶら歩《ある》きだした。

クゥーン……。

背後《はいご》から、寂《さび》しそうな声《こえ》が聞《き》こえた。

振《ふ》り向《む》くと、小柄《こがら》なビーグルが小首《こくび》をかしげてこっちを見《み》ていた。

その真《ま》っ黒《くろ》いビー玉《だま》のような瞳《ひとみ》にすいよせられるように、私《わたし》はビーグルが入《はい》ったケースに向《む》かう。ビーグルはしっぽを車《くるま》のワイパーのように左右《さゆう》に揺《ゆ》らしはじめた。近《ちか》づくにつれ、しっぽの動《うご》きが早《はや》まっていく。私《わたし》はビーグルのケースの前《まえ》にしゃがみこんだ。

ビーグルは全身《ぜんしん》を震《ふる》わせて、わずかな網《あみ》のすきまから手《て》を出《だ》そうと必死《ひっし》にもがき、カチャカチャと爪《つめ》で音《おと》を立《た》てている。

「ここから出《で》たいの？」

と聞《き》くと、ビーグルは「キューン」と、甘《あま》えた声《こえ》で答《こた》えた。


「よかったら抱《だ》いてみる？」

保護団体《ほごだんたい》のスタッフの女《おんな》の人《ひと》が笑顔《えがお》で話《はな》しかけてきた。

「いいんですか？」

「ええ、どうぞ。この子《こ》もあなたと同《おな》じ、女《おんな》の子《こ》なのよ」

スタッフさんは慣《な》れた手《て》つきで、ビーグルをそっとケースから連《つ》れ出《だ》し、包《つつ》みこむように抱《だ》き上《あ》げた。ビーグルは私《わたし》と目《め》が合《あ》ったとたん、前足《まえあし》と後《うし》ろ足《あし》をじたばたさせ、泳《およ》ぐようにこちらへ移《うつ》りたがる。

「こらこら、ちょっと待《ま》ちなさい」

スタッフさんにたしなめられても、ビーグルの興奮《こうふん》はおさまらない。なんとか抱《だ》かせてもらうと、今度《こんど》は首《くび》をのばして、さかんに私《わたし》のほっぺをなめはじめた。

うれしいのかな？

でも、さっきお母《かあ》さんが教《おし》えてくれたことがホントなら……。

「あの……この犬《いぬ》もいじめられていたんですか？」

ほほ笑《え》んでいたスタッフさんが、表情《ひょうじょう》をこわばらせて話《はな》しはじめた。

「この子《こ》の元《もと》の飼《か》い主《ぬし》は、それはひどい人《ひと》だったの。満足《まんぞく》にご飯《はん》ももらえなかったし、お風呂《ふろ》なんか一度《いちど》も入《い》れてもらえなかったんじゃないかな。保護《ほご》されたときはガリガリに痩《や》せて汚《よご》れていたそうよ。人間《にんげん》にひどくおびえていたから暴力《ぼうりょく》も受《う》けていたでしょうね」

……ひどい。

「あら、あなた大丈夫《だいじょうぶ》？　泣《な》いてるの？」

いつの間《ま》にか、ほっぺに涙《なみだ》の線《せん》……私《わたし》、泣《な》いている。

クゥーン……。

腕《うで》の中《なか》のビーグルも心配《しんぱい》そうに私《わたし》を見上《みあ》げている。

「子《こ》どもにはつらい話《はなし》だったわね、ごめんなさい」

スタッフさんが、ポケットからハンカチを出《だ》して渡《わた》してくれた。


私《わたし》は、胸《むね》の奥《おく》にしまいこんだ経験《けいけん》を思《おも》い出《だ》していた。

それは小学四年生《しょうがくよねんせい》のとき、クラスでいじめを受《う》けていたこと。

そのころあきっぽかった私《わたし》は、仲良《なかよ》しグループの細《こま》かいルールが面倒《めんどう》くさくなって、他《ほか》のグループの女《おんな》の子《こ》と遊《あそ》ぶようになったんだ。

それを知《し》った仲良《なかよ》しグループのリーダーの女《おんな》の子《こ》が、私《わたし》を仲間《なかま》はずれにした。

暴力《ぼうりょく》はなかったけど、クラスのみんなに無視《むし》されたつらさは思《おも》い出《だ》すだけで吐《は》き気《け》がする。

お父《とう》さんとお母《かあ》さんが何度《なんど》も先生《せんせい》と話《はな》し合《あ》って、五年生《ごねんせい》でクラスが替《か》わり、私《わたし》はやっといじめから解放《かいほう》された……。

私《わたし》はお父《とう》さんとお母《かあ》さんが守《まも》ってくれたから、いじめから解放《かいほう》され、立《た》ち直《なお》った。

でも……この子《こ》は、誰《だれ》にも守《まも》ってもらえず、ひとりきりで耐《た》えていたんだ。

守《まも》ってくれるはずの家族《かぞく》から、いじめられていたんだ。

それがどんなにつらいことで、哀《かな》しいことで、苦《くる》しいことか、想像《そうぞう》もつかない。

かわいそうで、かわいそうで、涙《なみだ》が止《と》まらない。

ペロッ！

きゃっ！　………ハッと、われに返《かえ》った。

私《わたし》のほっぺを伝《つた》い落《お》ちる涙《なみだ》を、ビーグルがなめてくれたのだ。

「もともとビーグルは、社交的《しゃこうてき》な犬種《けんしゅ》なのよ。特《とく》に子《こ》どもがね。それにしても、初対面《しょたいめん》でこんなになつくなんてびっくりだわ。ふだんはあまり感情《かんじょう》をおもてに出《だ》さない、とてもおくびょうな子《こ》なんだけどな」

「私《わたし》のこと心配《しんぱい》してくれてるのかな」

私《わたし》が泣《な》きやんでスタッフさんもほっとしたようだ。

「子《こ》ども同士《どうし》、お友達《ともだち》になりたいのよ」

「え？　これで子《こ》どもなんですか？」

思《おも》わず聞《き》き返《かえ》した。近所《きんじょ》にいるビーグルと大《おお》きさが変《か》わらないから。

「犬《いぬ》は、とても成長《せいちょう》が早《はや》いの。犬種《けんしゅ》によって個体差《こたいさ》はあるけど、ビーグルは人間《にんげん》に置《お》きかえると、一年《いちねん》で四《よっ》つ、年《とし》をとるのよ」

「へえ〜。生《う》まれてから一年《いちねん》で、四歳《よんさい》になるんですか」

女《おんな》の人《ひと》は手《て》をひらひらさせながら首《くび》を横《よこ》に振《ふ》った。

「違《ちが》うの。生《う》まれてから一年《いちねん》のあいだは、特《とく》に成長《せいちょう》のスピードが早《はや》いのよ。ビーグルは一《いち》年《ねん》で十七歳《じゅうななさい》ってとこかしら」

ええっ！　たった一年《いちねん》で、私《わたし》より年上《としうえ》になっちゃうの？

「じゃあ……この子《こ》は、人間《にんげん》に置《お》きかえたら、今《いま》、いくつなんですか？」

「現在九か月《げんざいきゅうかげつ》。人間《にんげん》に置《お》きかえると、十三歳《じゅうさんさい》くらいね」

私《わたし》とビーグル犬《けん》は、同《おな》じ十三歳《じゅうさんさい》。

だけど、正反対《せいはんたい》の環境《かんきょう》で生《い》きてきたのだ。

お腹《なか》をすかせて、体《からだ》が汚《よご》れていても放《ほう》っておかれ、苦痛《くつう》や痛《いた》みにただ、耐《た》えるしかなかったなんて……ひどすぎる。もし私《わたし》が生《う》まれてから十三歳《じゅうさんさい》まで、その環境《かんきょう》で暮《く》らしたら。

もう人間《にんげん》とかかわりたくないし、人間《にんげん》なんか大嫌《だいきら》いになって当然《とうぜん》だ。

でも、このビーグルはこんなに私《わたし》になついてる。

あなたは人間《にんげん》を許《ゆる》してくれるの？

私《わたし》の心《こころ》のなかを見抜《みぬ》いたかのように、ビーグルはビー玉《だま》のような直《ま》っ黒《くろ》い瞳《ひとみ》で、まっすぐ私《わたし》を見《み》つめ返《かえ》した。

「かわいいわね、この子《こ》」

いつからか隣《となり》にいたお母《かあ》さんが、ビーグルに手《て》をさしのべた。

でも、ビーグル犬《けん》は私《わたし》にしがみつき、お母《かあ》さんに抱《だ》かれようとしない。

「あらら、嫌《きら》われちゃったかな？」

お母《かあ》さんは、ちょっと寂《さび》しそうだ。

「これで、九《きゅう》か月《げつ》なんだって」

「犬《いぬ》は大人《おとな》になるスピードが早《はや》いのよ」

「さっき教《おし》えてもらった。人間《にんげん》に置《お》きかえると十三歳《じゅうさんさい》なんだって」

「ナツメと同《おな》い年《どし》なのか」

と、お父《とう》さん。私《わたし》は、お父《とう》さんに向《む》かって、うなずいた。

「でも、ずっといじめられてきたんだって。私《わたし》と同《おな》じ年《とし》なのに」

悔《くや》し涙《なみだ》がにじむ。

するとお母《かあ》さんが、私《わたし》の頭《あたま》をなでながら言《い》った。

「じゃあ、ナツメが幸《しあわ》せにしてあげたら？」

「……私《わたし》が？」

「そうよ。だって、このイベントは、保護《ほご》された犬《いぬ》たちと人間《にんげん》の、お見合《みあ》いの場《ば》なのよ」

「お見合《みあ》いって？」

「保護犬《ほごけん》たちのなかに気《き》が合《あ》う子《こ》がいたら、家族《かぞく》に迎《むか》えることができるの」

そうなんだ……。

「この子《こ》にする！　私《わたし》が、この子《こ》を幸《しあわ》せにするの！」

私《わたし》はビーグルと見《み》つめ合《あ》って心《こころ》で話《はな》しかけた。

あなたをもう、二度《にど》と苦《くる》しませない。

苦《くる》しかった昔《むかし》のことなんか忘《わす》れちゃうくらい、幸《しあわ》せにする！

すると、ビーグルは、私《わたし》のほっぺに愛情《あいじょう》のこもったキスを返《かえ》してくれたのだ。


イベントから一週間《いっしゅうかん》のち。

ついにビーグルが、わが家《や》にやってきた。

連《つ》れてきたのは、イベントでビーグルを抱《だ》かせてくれた女性《じょせい》のスタッフさん。

玄関《げんかん》でケージを開《あ》けると、ビーグルは待《ま》ちかまえていたように飛《と》びだし、私《わたし》のところへまっしぐらにかけてきた！　私《わたし》のひざに飛《と》びのり、肩《かた》に手《て》をかけ首《くび》をのばし、再会《さいかい》のキスをすごいいきおいではじめたの！

「すてきな家族《かぞく》にめぐりあえて、この子《こ》は本当《ほんとう》に幸《しあわ》せね」

スタッフさんはメガネの奥《おく》で涙《なみだ》ぐみながら、

「飼《か》い主《ぬし》はこの子《こ》に、ハッピーという名前《なまえ》をつけていたそうです」

と、教《おし》えてくれた。

でも「ハッピー」と呼《よ》んでみたら、ビーグルは、プイと顔《かお》をそむけてしまった。

「預《あず》かっていたときもハッピーと呼《よ》んでいたんだけど、反応《はんのう》が悪《わる》かったの」

そうか！　この子《こ》は、この名前《なまえ》が好《す》きじゃないんだ。

ハッピーという名前《なまえ》をつけたくせに、幸《しあわ》せにするどころか、いじめぬいた元《もと》の飼《か》い主《ぬし》。

その人《ひと》を思《おも》い出《だ》して、つらい気持《きも》ちになるから。

私《わたし》はこの愛《あい》くるしいビーグルに、名前《なまえ》をつけることにした。嫌《いや》な過去《かこ》とはきっぱりサヨナラして、今日《きょう》から新《あたら》しいスタートをきってもらいたいから。

でも、なかなかしっくりくる名前《なまえ》が思《おも》いつかない。

「ビーグルだからビーちゃんというのは単純《たんじゅん》だし……ラッキーは男《おとこ》の子《こ》と間違《まちが》えられるかも。名前《なまえ》つけるのって、けっこう大変《たいへん》！」

ブツブツひとり言《ごと》を言《い》っている私《わたし》を、ビーグルは、真《ま》っ黒《くろ》なビー玉《だま》のようなキラキラした瞳《ひとみ》で見上《みあ》げていた。

はじめて会《あ》ったとき、私《わたし》は、このキラキラの瞳《ひとみ》にすいよせられたんだ……。

キラキラ……キラキ……ララ……キララ！

「決《き》めた！　あなたは今日《きょう》からキララ！　キララって呼《よ》ぶね」

キララはビー玉《だま》のような瞳《ひとみ》をますますキラキラ輝《かがや》かせ、ちぎれてしまうんじゃないかと心配《しんぱい》になるくらいしっぽを振《ふ》った。

どうやら新《あたら》しい名前《なまえ》を気《き》に入《い》ってくれたみたい。


ボランティア団体《だんたい》がしっかりしつけをしてくれていたおかげで、キララはすぐマナーを覚《おぼ》えた。

けれど、お父《とう》さんとお母《かあ》さんを受《う》け入《い》れるには、ちょっぴり時間《じかん》がかかってしまった。元《もと》の飼《か》い主《ぬし》と同《おな》じ「大人《おとな》」だからじゃないかな、と、お母《かあ》さんが言《い》った。

私《わたし》と遊《あそ》んでいても、お父《とう》さんやお母《かあ》さんが近《ちか》づくと逃《に》げてしまう。ソファの下《した》や、本《ほん》だなと壁《かべ》のすきまや、下駄箱《げたばこ》やテレビ台《だい》の裏《うら》など、お母《かあ》さんの腕《うで》がやっと入《はい》るくらいのわずかなスペースに隠《かく》れてしまうのだ。

「こうやって、飼《か》い主《ぬし》の暴力《ぼうりょく》から逃《に》げていたのね。かわいそうに」

お母《かあ》さんは、眉《まゆ》をよせた。

「キララには私《わたし》たちからは近《ちか》づかないようにするわ。元《もと》の飼《か》い主《ぬし》を思《おも》い出《だ》させたくないもの」

お父《とう》さんもお母《かあ》さんも犬《いぬ》が好《す》きだったので、逃《に》げまわるキララを見《み》たくなかったんだろうと思《おも》う。

でも、それがむしろ良《よ》かったみたい。お父《とう》さんお母《かあ》さんが近《ちか》づかないから、キララのほうから逆《ぎゃく》に興味《きょうみ》をしめすようになったの。

キッチンに立《た》っているお母《かあ》さんを、キララが遠巻《とおま》きに見《み》ているときがある。

「お母《かあ》さん、キララが見《み》てるよ!」

「知《し》ってる。けど、知《し》らんぷり知《し》らんぷり」

お母《かあ》さんは気《き》づかないふりをして料理《りょうり》を続《つづ》けた。

そのうちキララはテレビのニュースを見《み》ているお父《とう》さんの背中《せなか》にも、そろりそろり、かなり近《ちか》くまで寄《よ》っていくようになった。

もちろんお父《とう》さんも知《し》らん顔《かお》！

「キララどう？　ふたりとも昔《むかし》の飼《か》い主《ぬし》のような人《ひと》じゃないでしょ？」

と話《はな》しかけると、キララはちょっと戸惑《とまど》った顔《かお》をした。


しばらくたったある日《ひ》。

居間《いま》にいたら、キッチンからお母《かあ》さんの話《はな》し声《ごえ》が聞《き》こえてくる。

誰《だれ》かいるのかな？　不審《ふしん》に思《おも》ってのぞいてみると……。

ビックリ！

キララがお母《かあ》さんの手《て》のひらで、ササミ肉《にく》を食《た》べていたの！

「キララ、おいしい？」

よく見《み》ると、お母《かあ》さんの目《め》じりに涙《なみだ》が光《ひか》っている。私《わたし》も、ついもらい泣《な》き……。

キララが、やっと、お母《かあ》さんを信《しん》じて心《こころ》をひらいてくれたんだもん。

その晩《ばん》、キララはお父《とう》さんのひざにものったの！

お父《とう》さんとお母《かあ》さんはようやくキララに受《う》け入《い》れられ、私《わたし》たちとキララは、ついに、ひとつの家族《かぞく》になれた。

キララは家族《かぞく》のなかで私《わたし》のことが一番好《いちばんす》き。お父《とう》さんから好物《こうぶつ》のおやつをもらっているときも、お母《かあ》さんとぬいぐるみの奪《うば》いあいをして遊《あそ》んでいても、私《わたし》が、

「キララ」

と呼《よ》ぶと、すべてを放《ほう》りだしてかけてくるの。

家《いえ》じゅう私《わたし》を追《お》いかけまわし、ちょっとでも見失《みうしな》うと、ク〜ン、ク〜ン、と寂《さび》しそうな鳴《な》き声《ごえ》をあげながら、あせって捜《さが》しまわる。夜《よる》は私《わたし》の布団《ふとん》にもぐりこんできて、もう、うっとうしいくらい私《わたし》から離《はな》れない。

でもそれは、キララがもともと持《も》っていた、人好《ひとず》きで、ちょっぴりおてんばで、甘《あま》えん坊《ぼう》な、ビーグルらしい性格《せいかく》が出《で》てきた証拠《しょうこ》。

元《もと》の飼《か》い主《ぬし》のいじめから逃《のが》れるため、感情《かんじょう》をおさえて生《い》きてきたんだと思《おも》う。でも今《いま》は、

ありのままの姿《すがた》を見《み》せてくれて、とってもうれしいんだ。

私《わたし》がいつもキララに言《い》っていること。

それは、好《す》きなだけ甘《あま》えていいんだよ。

だって私《わたし》は、キララを幸《しあわ》せにするって約束《やくそく》したんだから。

二度《にど》と、苦《くる》しい思《おも》いはさせないよ、って。


キララが家族《かぞく》になって一《いっ》か月《げつ》たった日《ひ》のこと。

学校《がっこう》から帰《かえ》ったばかりの私《わたし》を、お母《かあ》さんが呼《よ》びとめた。

「ちょっとナツメ。くつ下《した》が、片《かた》っぽしか洗濯《せんたく》に出《で》ていなかったわよ」

「ほんと？　かごに入《い》れたはずだけど……どこかに落《お》としたのかな。捜《さが》してみるね」

洗濯槽《せんたくそう》の中《なか》、洗濯機《せんたくき》の裏《うら》、お風呂場《ふろば》のすみ、自分《じぶん》の部屋《へや》のベッドの下《した》……くつ下《した》を探《さが》してうろついている私《わたし》のあとを、キララがついてくる。

結局《けっきょく》、片《かた》っぽのくつ下《した》は見《み》つからなかった。お母《かあ》さんに報告《ほうこく》すると、

「まあ、そのうち見《み》つかるわよ」

と、のんきな答《こた》えが返《かえ》ってきた。

それからもときどき、私《わたし》のくつ下《した》は、片方《かたほう》だけ消《き》えた。


北風《きたかぜ》が頬《ほお》にささる寒《さむ》い日《ひ》。マフラーをしっかり巻《ま》いて学校《がっこう》から帰《かえ》ると、お母《かあ》さんが玄関《げんかん》まで小走《こばし》りで出《で》てきて、私《わたし》に、手《て》まねきをした。

「寒《さむ》いし、玄関《げんかん》まで出《で》てこなくていいのに〜」

お母《かあ》さんは、人《ひと》さし指《ゆび》を唇《くちびる》の前《まえ》に立《た》て、

「しっ！　静《しず》かに！」

と声《こえ》をひそめ、私《わたし》の耳《みみ》にささやいた。

「くつ下《した》が見《み》つかったわよ」

「ほんと？　どこで？」

「キララのお昼寝用《ひるねよう》クッション。クッションの下《した》から、ごっそり出《で》てきたの」

「ええ〜〜〜っ！」

思《おも》わず大《おお》きな声《こえ》をあげてしまった。

犯人《はんにん》は……私《わたし》の足元《あしもと》でしっぽを振《ふ》っている！

お母《かあ》さんはキララに気《き》づかれないよう、ひそひそ話《はな》しはじめた。

キララは、大《おお》きな目《め》をまんまるくして私《わたし》たちを見上《みあ》げていた。

「ナツメが学校《がっこう》へ行《い》っている間《あいだ》、寂《さび》しくてしかたなかったのね。キララは、ナツメのにおいがするくつ下《した》と、お昼寝《ひるね》をしていたのよ」

お母《かあ》さんはこらえきれず笑《わら》いだした。私《わたし》も、プッとふき出《だ》して、

「なんで、くつ下《した》なわけ？　しかも使用済《しようず》みって！」

「お母《かあ》さんもびっくりしたわよ。コレクションの数《かず》に！」

もう限界《げんかい》！　お腹《なか》をかかえひーひー笑《わら》った。キララはきょとんと見上《みあ》げている。

笑《わら》うだけ笑《わら》ったあと、私《わたし》はお母《かあ》さんに、

「お願《ねが》いだから、叱《しか》らないであげて」と、小声《こごえ》で頼《たの》んだ。

使用済《しようず》みのくつ下《した》をコレクションされていたのは驚《おどろ》いたけど、キララをますます大好《だいす》きになっちゃった。

キララのイタズラを、私《わたし》たちは見逃《みのが》すことにした。でもキララのくつ下《した》コレクションはたまる一方《いっぽう》。そこで、私《わたし》がキララをお散歩《さんぽ》させている間《あいだ》に、お母《かあ》さんが、二《に》、三枚《さんまい》ずつ定《てい》期的《きてき》に回収《かいしゅう》して洗濯《せんたく》した。

キララはくつ下《した》のほかに、もうひとつ好《す》きなものができたの。わが家《や》の庭《にわ》になる、ひめりんごの実《み》。お祭《まつ》りや縁日《えんにち》で、赤《あか》や青《あお》の飴《あめ》でコーティングされて売《う》られている小《ちい》さな実《み》だ。

庭《にわ》で収穫《しゅうかく》したひめりんごの実《み》は毎年《まいとし》ジャムにしている。そのままでは、震《ふる》えるほど酸《す》っぱすぎて、とても食《た》べられないから。

ところがキララは酸《す》っぱさもお構《かま》いなし。落《お》ちている実《み》を見《み》つけたそばから食《た》べてしまう。赤《あか》い小《ちい》さな実《み》に犬歯《けんし》をたててコリコリ数回《すうかい》かじってゴクンと飲《の》みこむと、すぐに次《つぎ》の実《み》をほおばるの。

まるで小《ちい》さな掃除機《そうじき》のように、赤《あか》いひめりんごの実《み》がキララの口《くち》の中《なか》に吸《す》いこまれていく。

「このいきおいで食《た》べさせたら、お腹《なか》をこわしちゃう」

私《わたし》たちは、キララが庭《にわ》に入《はい》る前《まえ》に、落《お》ちている実《み》を拾《ひろ》い集《あつ》めた。

キララは必死《ひっし》になって庭《にわ》のすみからすみまで探《さが》しまわる。でも実《み》は見《み》つからないから、枝《えだ》を見上《みあ》げて、く〜ん、く〜ん、と切《せつ》なそうにねだるの。摘《つ》んでもらえるまで、ずっと。

キララは私《わたし》たちが食《た》べているものを決《けっ》して欲《ほ》しがらない。お肉《にく》の香《こう》ばしいにおいや、スイーツの甘《あま》い香《かお》りにも、まったく興味《きょうみ》をしめさない。

一度《いちど》も食《た》べ物《もの》をねだったことがないのに、ひめりんごの実《み》は、よほど気《き》に入《い》ったみたい。だから特別《とくべつ》にひめりんごだけはおやつに決《き》めた数《かず》だけあげることにしたの。


キララと出会《であ》ったとき十三歳《じゅうさんさい》だった私《わたし》は、もう十八歳《じゅうはっさい》で大学生《だいがくせい》。

キララは六歳《ろくさい》。六歳《ろくさい》といっても、人間《にんげん》に置《お》きかえれば四十歳近《よんじっさいちか》くの立派《りっぱ》な大人《おとな》。でも、洗濯《せんたく》かごの中《なか》から、私《わたし》の片方《かたほう》のくつ下《した》を持《も》ち出《だ》すイタズラはやめない。お昼寝用《ひるねよう》のクッションの下《した》で、くつ下《した》コレクションを続《つづ》けていた。

キララは、私《わたし》のくつ下《した》と添《そ》い寝《ね》して寂《さび》しさに耐《た》えていたのかも。大学生《だいがくせい》になった私《わたし》は、サークル活動《かつどう》や友達付《ともだちづ》き合《あ》いで、家《いえ》を留守《るす》にしがちになったから。大学《だいがく》では教育学部《きょういくがくぶ》に入《はい》った。自分《じぶん》がいじめられた経験《けいけん》を伝《つた》えることで、同《おな》じような子《こ》どもの役《やく》に立《た》ちたかったから。毎日忙《まいにちいそが》しすぎて、キララと遊《あそ》ぶ時間《じかん》はどんどん減《へ》っていった。

私《わたし》は大学《だいがく》で先生《せんせい》になる資格《しかく》をとって、大学卒業後《だいがくそつぎょうご》、小学校《しょうがっこう》の先生《せんせい》になった。

そのころからキララの体《からだ》の模様《もよう》がだんだんうすくなりはじめていた。人間《にんげん》といっしょで、犬《いぬ》も年《とし》をとると毛《け》が白髪《しらが》になっていく。

そして、さらに月日《つきひ》がたち、キララは十二歳《じゅうにさい》になった。

キララの体《からだ》は遠目《とおめ》に見《み》ると直《ま》っ白《しろ》になってしまっていた。直《ま》っ黒《くろ》なビー玉《だま》だった瞳《ひとみ》もグレーににごり、お散歩《さんぽ》ものっそりのっそり、亀《かめ》のようなペースで歩《ある》くようになった。

無理《むり》もない。

キララはとうとう、お父《とう》さんやお母《かあ》さんの年《とし》さえも、追《お》い越《こ》してしまったんだもの。

でも、いまだにかわいいイタズラは続《つづ》いていた。

キララは寝《ね》てばかりいて、ほとんど動《うご》かなくなった。私《わたし》が帰《かえ》るとがんばって玄関《げんかん》まで出《で》てきてくれるけど、とってもしんどそう。歩《ある》き方《かた》も、足《あし》がもつれ体《からだ》がよろけそうになる。食欲《しょくよく》もみるみる落《お》ちていき、心配《しんぱい》になって動物病院《どうぶつびょういん》に連《つ》れていった。

数日後《すうじつご》、検査《けんさ》の結果《けっか》を聞《き》きに来《く》るよう動物病院《どうぶつびょういん》から電話《でんわ》があった。

診察室《しんさつしつ》へ入《はい》っていくと、いつも朗《ほが》らかな院長先生《いんちょうせんせい》が、むずかしい顔《かお》で待《ま》っていた。すすめられた椅子《いす》に腰《こし》かけると、院長先生《いんちょうせんせい》が重《おも》たい口《くち》を開《ひら》いた。

「キララちゃんは、じん臓《ぞう》の病気《びょうき》がかなり進《すす》んでいて、大変《たいへん》きびしい状況《じょうきょう》です」

え？　私《わたし》は、耳《みみ》をうたがった。

「キララは丈夫《じょうぶ》な子《こ》で病気《びょうき》ひとつしたことがなかったし……食欲《しょくよく》がなくなりはじめたのは、ここ数日《すうじつ》で……そんな重《おも》い病気《びょうき》にかかっているようには」

「じん臓《ぞう》は症状《しょうじょう》がおもてに出《で》にくいため、発見《はっけん》されたときはすでに深刻《しんこく》な状況《じょうきょう》であることが多《おお》いんです」

「治療《ちりょう》してください！　キララを助《たす》けてください！　お願《ねが》いします！」

院長先生《いんちょうせんせい》はつらそうな顔《かお》をして、言《い》った。

「残念《ざんねん》ですが、キララちゃんの命《いのち》は、そう長《なが》くありません」

「……まさか、うそでしょ……」

体《からだ》から力《ちから》がぬけていった。


それから、どうやって家《いえ》に帰《かえ》ってきたか覚《おぼ》えていない。

玄関《げんかん》で待《ま》っていたキララを見《み》るまでは。

キララは玄関《げんかん》マットに横《よこ》たわって私《わたし》の帰《かえ》りを待《ま》っていた。

立《た》っていられないんだ……。

ビー玉《だま》のような瞳《ひとみ》も、グレーがかって、力《ちから》を失《うしな》っている。

キララの命《いのち》のともしびが消《き》えかかっているのは明《あき》らかだった。

その晩《ばん》から、私《わたし》は、キララにつきっきりで過《す》ごした。

昼間《ひるま》は教師《きょうし》の仕事《しごと》をつとめ、夜《よる》はキララを寝《ね》ずに見守《みまも》った。

でも、キララの症状《しょうじょう》は日《ひ》に日《ひ》に悪《わる》くなっていく。肩《かた》を細《こま》かく上下《じょうげ》させ、きれぎれに息《いき》をしながら、眠《ねむ》っている。たまに目《め》を開《あ》け私《わたし》に気《き》づくと、つらいのに起《お》き上《あ》がろうとする。

「私《わたし》のことは心配《しんぱい》しないで大丈夫《だいじょうぶ》。いっしょに寝《ね》るから」

隣《となり》に添《そ》い寝《ね》をすると、安心《あんしん》したように深《ふか》く息《いき》をすって目《め》を閉《と》じる。

あとどれくらいキララといっしょにいられるんだろう……。

キララと生《い》きてきた十三年《じゅうさんねん》、私《わたし》はずっと幸《しあわ》せだった。

保護団体《ほごだんたい》のイベントで、はじめて会《あ》ったとき。

キララの直《ま》っ黒《くろ》いビー玉《だま》のような瞳《ひとみ》にすいよせられるように近《ちか》よっていった。

きっとあれはキララが私《わたし》に魔法《まほう》をかけたんだ……。

なぜキララは、私《わたし》を選《えら》んだんだろう。

もしかしたらキララは、私《わたし》を幸《しあわ》せにしてあげようと思《おも》ったのかな。

〝キララを幸《しあわ》せにする〟なんて誓《ちか》っておきながら、逆《ぎゃく》に私《わたし》が幸《しあわ》せにしてもらっていた。

じゃあ私《わたし》は、キララを幸《しあわ》せにできていただろうか。

飼《か》い主《ぬし》にいじめられていたキララを保護団体《ほごだんたい》から引《ひ》きとると決《き》めたとき、キララに誓《ちか》った言葉《ことば》を思《おも》い返《かえ》した。


〝あなたをもう、二度《にど》と苦《くる》しませない。

苦《くる》しかった昔《むかし》のことなんか忘《わす》れちゃうくらい、幸《しあわ》せにする！〟


もう、二度《にど》と苦《くる》しませない、って誓《ちか》っておきながら、目《め》の前《まえ》で苦《くる》しみぬいているキララを、ただ見《み》ているだけの自分《じぶん》。……このままでいいの？

空《そら》がしらじらと明《あ》けはじめ、カーテンのすきまから差《さ》しこんだ朝日《あさひ》が、スポットライトのようにキララの顔《かお》を照《て》らした。

キラキラした柔《やわ》らかい光《ひかり》につつまれたキララはまるで天使《てんし》のようだ。

私《わたし》は天使《てんし》のキララにそっとささやく。


あなたを、もうこれ以上《いじょう》、苦《くる》しませたくないの……。

次《つぎ》の日《ひ》、授業《じゅぎょう》が終《お》わり、職員室《しょくいんしつ》で仕事《しごと》をしているとメールが入《はい》った。

『キララがけいれんをおこしました。急《いそ》いで病院《びょういん》につれていきます』お母《かあ》さんからだ。

『私《わたし》もすぐ行《い》く』

慌《あわ》ててタクシーに飛《と》び乗《の》り、動物病院《どうぶつびょういん》に向《む》かった。

私《わたし》より先《さき》にお母《かあ》さんは動物病院《どうぶつびょういん》に着《つ》いていた。お父《とう》さんも、会社《かいしゃ》を早引《はやび》きしてかけつけていた。

「キララは？」

お母《かあ》さんは黙《だま》ったままハンカチを目《め》にあてた。

「キララちゃんは、こちらです」

看護師《かんごし》さんが私《わたし》たちを呼《よ》びに来《き》た。あとについて診察室《しんさつしつ》に入《はい》ると、キララはベッドの上《うえ》で、荒々《あらあら》しく呼吸《こきゅう》をしていた。

「キララ」呼《よ》びかけると、うすく目《め》を開《ひら》いた。

「キララ、私《わたし》よ、わかる？」

キララは私《わたし》に何《なに》か伝《つた》えようとするけど、体《からだ》が動《うご》かない。どうにか顔《かお》だけ私《わたし》のほうへ倒《たお》すのがせいいっぱい。

『わかってるよ、ナツメちゃん』と、目《め》で伝《つた》えてくれた気《き》がした。

「もう呼吸器《こきゅうき》だけで生命《せいめい》を維持《いじ》している状態《じょうたい》です」

私《わたし》は大《おお》きく深呼吸《しんこきゅう》した。そして、院長先生《いんちょうせんせい》に言《い》った。

「呼吸器《こきゅうき》……はずしてください」

「ナツメ？　それでいいの？」

お母《かあ》さんがハンカチで涙《なみだ》をぬぐいながら私《わたし》に聞《き》く。

「ナツメが考《かんが》えて選《えら》んだことだ。その通《とお》りにしよう」

お父《とう》さんがお母《かあ》さんの肩《かた》に手《て》をかけて支《ささ》えながら言《い》った。

「どうぞ、ご家族《かぞく》だけで最期《さいご》のお別《わか》れをしてください」

院長先生《いんちょうせんせい》と看護師《かんごし》さんが、部屋《へや》から出《で》ていった。

私《わたし》は、呼吸器《こきゅうき》がついているキララのひたいをなでた。今《いま》は灰色《はいいろ》だけど、出会《であ》った時《とき》の直《ま》っ黒《くろ》いビー玉《だま》みたいな瞳《ひとみ》が、私《わたし》のなかでよみがえる。

はじめて会《あ》ったとき、キララが魔法《まほう》をかけて私《わたし》を呼《よ》び寄《よ》せてくれたね。

キララ、幸《しあわ》せにしてくれてありがとう……。

でも、歯《は》を食《く》いしばって泣《な》かないようにするのがせいいっぱいで言葉《ことば》にはならなかった。

キララとは、笑顔《えがお》でお別《わか》れしようと決《き》めていた。

キララも目《め》の奥《おく》で笑《わら》っている……この笑顔《えがお》、ずっとずっと忘《わす》れないよ。


これで、本当《ほんとう》に、本当《ほんとう》に、お別《わか》れだけど……。

私《わたし》はキララの耳元《みみもと》でささやいた。

「キララ。安心《あんしん》して、お昼寝《ひるね》してね」

それから、はいていたくつ下《した》を片方《かたほう》だけ脱《ぬ》いで、キララの体《からだ》の下《した》に忍《しの》ばせたの。

それから間《ま》もなく、院長先生《いんちょうせんせい》がキララの口《くち》から呼吸器《こきゅうき》をはずすと、すうっと亡《な》くなった。

苦《くる》しむこともなく、キララは本当《ほんとう》の天使《てんし》になった。

お父《とう》さんとお母《かあ》さんと私《わたし》は肩《かた》を支《ささ》えあい、まあるくなってキララを囲《かこ》み、声《こえ》をあげていつまでも泣《な》いた。

私《わたし》がしたこと、早《はや》めに呼吸器《こきゅうき》をはずしてしまったことは、間違《まちが》っていたかもしれない。
でも、キララをもうこれ以上《いじょう》、苦《くる》しませたくなかった。
もう二度《にど》と、苦《くる》しませないって誓《ちか》ったから。
でも、悔《く》いが残《のこ》っていないかといえば、ウソになる。
本当《ほんとう》に良《よ》かったのかと、あのときのことを時々思《ときどきおも》い返《かえ》してしまう。
自分《じぶん》が持《も》っていたありったけのくつ下《した》の片《かた》っぽを、キララのお棺《かん》に入《い》れた。
最後《さいご》にキララにしてあげられることは、それくらいしかなかったから。
手元《てもと》に残《のこ》った、もう片方《かたほう》のくつ下《した》……。
キララを見送《みおく》った翌日《よくじつ》から、毎日《まいにち》、互《たが》い違《ちが》いのくつ下《した》をはいて学校《がっこう》に行《い》っている。

生徒《せいと》たちに、いくら笑《わら》われたって恥《は》ずかしくないし、これからもはきつづけるつもり。

キララとおそろいのくつ下《した》は、私《わたし》にとって宝物《たからもの》だから。


「くつ下《した》の秘密《ひみつ》、生徒《せいと》にばれちゃったな……」

学活《がっかつ》の時間《じかん》、生徒《せいと》に片方《かたほう》ずつのくつ下《した》について質問《しつもん》され、キララの話《はなし》をしてしまった。

その後《ご》、テストの採点《さいてん》の仕事《しごと》をして少《すこ》し遅《おそ》く家《いえ》に帰《かえ》った。

郵便受《ゆうびんう》けにたまっていた封筒《ふうとう》やチラシを取《と》り出《だ》してから、玄関《げんかん》のドアを開《あ》けた。

「ただいまー、今帰《いまかえ》ったよ」

廊下《ろうか》を歩《ある》きながら、何気《なにげ》なくチラシに目《め》を通《とお》していると、あの保護団体《ほごだんたい》の名前《なまえ》を見《み》つけた。キララと出会《であ》うきっかけになったイベントが来週《らいしゅう》の日曜日《にちようび》も、森林公園《しんりんこうえん》で再《ふた》び開《ひら》かれるみたいだ。

ふと、キララと出会《であ》った十三歳《じゅうさんさい》の夏《なつ》の日《ひ》を思《おも》い出《だ》した。


——直《ま》っ黒《くろ》いビー玉《だま》のような瞳《ひとみ》がじぃーっと私《わたし》を見《み》つめていたっけ——。

そのとき……持《も》っていたチラシの束《たば》から、ストンと封筒《ふうとう》が床《ゆか》に落《お》ちた。

拾《ひろ》って確認《かくにん》すると、宛名《あてな》は、大塚《おおつか》ナツメ様《さま》。

誰《だれ》からだろう？

封筒《ふうとう》を裏返《うらがえ》して差《さ》し出《だ》し人《にん》を調《しら》べると……。

なんということ！


「大塚《おおつか》キララ」と書《か》いてある！


私《わたし》は、慌《あわ》ててキッチンに走《はし》った。

「お母《かあ》さん！　うそみたい！　キララから手紙《てがみ》が……」

お母《かあ》さんは、私《わたし》の慌《あわ》てふためいた様子《ようす》なんかぜんぶお見通《みとお》しというような余裕《よゆう》の笑《え》みを浮《う》かべ、言《い》った。

「どう？　お母《かあ》さんが言《い》っていたことホントだったでしょ」

そうだ！
私《わたし》が子《こ》どものころ、お母《かあ》さんが話《はな》してくれたこと。
〝亡《な》くなった犬《いぬ》から手紙《てがみ》を受《う》け取《と》ったことがある〟と。
私《わたし》は、ドキドキしながら封《ふう》を切《き》った。

ナツメちゃん
約束《やくそく》を守《まも》ってくれてありがとう。
苦《くる》しみから救《すく》ってくれてありがとう。
たくさんのくつ下《した》をしいてくれたおかげで
ぐっすり気持《きも》ちよく、お昼寝《ひるね》ができました。

犬《いぬ》の国《くに》へ来《き》てからも

キララは毎日《まいにち》
ナツメちゃんのくつ下《した》とお昼寝《ひるね》しています。
ナツメちゃんのくつ下《した》があるからキララは寂《さび》しくありません。

だから、優《やさ》しいナツメちゃんにお願《ねが》いがあります。
あのころのキララのように、
苦《くる》しんでいる犬《いぬ》がいたら
どうか、また、助《たす》けてください。
どうぞよろしくお願《ねが》いします。

大塚《おおつか》キララ

私《わたし》はキララの手紙《てがみ》を抱《だ》きしめた。

そして、さっきのボランティア団体《だんたい》のチラシをもう一度《いちど》見直《みなお》した。

「約束《やくそく》するよ、キララ」

カレンダーに赤《あか》いペンで、来週《らいしゅう》の日曜日《にちようび》を丸《まる》く囲《かこ》んだ。

4章《しょう》

アキとジャンボ

～僕《ぼく》のおしごと～

私《わたし》の名前《なまえ》は目黒《めぐろ》アキ、小学校四年生《しょうがっこうよねんせい》。

駅《えき》の近《ちか》くのマンションで、お父《とう》さんとお母《かあ》さんと三人《さんにん》で暮《く》らしている。

お父《とう》さんとお母《かあ》さんは学校《がっこう》の先生《せんせい》で、共働《ともばたら》き。きょうだいがいないから、家《いえ》に帰《かえ》ってもひとりぼっちなの。だからいつも通学路《つうがくろ》の途中《とちゅう》にある、おじいちゃんとおばあちゃんの家《いえ》に寄《よ》って、夕方《ゆうがた》まで遊《あそ》んで帰《かえ》るんだ。

でも今日《きょう》は特別《とくべつ》な日《ひ》。

今日《きょう》はおじいちゃんとおばあちゃんの家《いえ》に、犬《いぬ》が来《く》るの！


おじいちゃんとおばあちゃんはとってもかっこいいんだ。

洋服《ようふく》はさりげなく流行《りゅうこう》を取《と》り入《い》れていて、週末《しゅうまつ》はふたりでテニス。

しかも、おばあちゃんは、子《こ》どものころイギリスで暮《く》らしていたから、英語《えいご》がペラペラなんだ。

オシャレなふたりは、どんな犬《いぬ》を選《えら》んだんだろう？

日本《にほん》に数《かぞ》えるほどしかいない珍《めずら》しい犬《いぬ》？

トイプードルやヨークシャーテリアやチワワみたいな、かわいらしい小型犬《こがたけん》かな？

もしかしたら、秋田犬《あきたいぬ》や柴犬《しばいぬ》のような、きりっとした和風《わふう》の犬《いぬ》かも。


なあんて想像《そうぞう》をふくらませていると、あっという間《ま》に、おじいちゃんとおばあちゃんの家《いえ》に、到着《とうちゃく》した。


「ただいまー！」

玄関《げんかん》で靴《くつ》をぬぎすて、板張《いたば》りの廊下《ろうか》をバタバタ走《はし》って居間《いま》に向《む》かった。

部屋《へや》をのぞきこむと、

「おかえり」

お気《き》に入《い》りのロッキングチェアにゆったり座《すわ》り、おじいちゃんが笑《わら》った。

その足元《あしもと》の陽《ひ》だまりで寝《ね》ている犬《いぬ》を見《み》て、ショックを受《う》けた。

「ねえ……その犬《いぬ》を、飼《か》うの？」

「そうだよ」

おじいちゃんは、ニコニコしている。

「なんで？　……なんで、そんなよぼよぼの犬《いぬ》を、飼《か》うの？」

そこにいたのは、年寄《としよ》りの、寂《さび》しそうなセントバーナードだった。

「よぼよぼの犬《いぬ》って呼《よ》び方《かた》はひどいなあ。ボクだっておじいちゃんなんだから。なあ、お互《たが》い傷《きず》ついちゃうよなあ」

おじいちゃんは、寂《さび》しそうに寝《ね》そべっている年老《としお》いたセントバーナードに話《はな》しかけた。

「違《ちが》うよぉ。アキのおじいちゃんは、こんなよぼよぼじゃないもん。カッコいいもん」

「カッコいいとは、うれしいね」

おじいちゃんは、目《め》を細《ほそ》めたけど、私《わたし》は、ものすごーくがっかり。期待《きたい》を裏切《うらぎ》られたことにプンプン怒《おこ》っていた。こんな、みじめそうな犬《いぬ》、おじいちゃんとおばあちゃんに、ふさわしくないもん。なんで、こんな犬《いぬ》を選《えら》んだんだろう。

納得《なっとく》いかなくて、ふてくされていたら、おじいちゃんが言《い》った。

「アキちゃん。この犬《いぬ》は、若《わか》いころ優秀《ゆうしゅう》な職業犬《しょくぎょうけん》だったんだよ」

「しょくぎょうけん？」

はじめて聞《き》く言葉《ことば》。

「人間《にんげん》のためにはたらく犬《いぬ》たちのことを職業犬《しょくぎょうけん》というんだよ」

「犬《いぬ》がはたらくの？」

「そうだよ。犬《いぬ》がにおいを嗅《か》ぎわける力《ちから》は人《ひと》の一億倍《いちおくばい》、耳《みみ》は人《ひと》の四倍《よんばい》くらい聞《き》こえるらしいんだ」

「いちおくぅ？」

「においや音《おと》の種類《しゅるい》で違《ちが》いもあるそうだけどね。そういった優《すぐ》れた能力《のうりょく》を使《つか》って、人間《にんげん》のためにはたらいてくれる犬《いぬ》たちを職業犬《しょくぎょうけん》というんだよ。アキちゃんは、盲導犬《もうどうけん》、聴導犬《ちょうどうけん》、介助犬《かいじょけん》、警察犬《けいさつけん》、災害救助犬《さいがいきゅうじょけん》という言葉《ことば》を聞《き》いたことあるかな？」

「盲導犬《もうどうけん》と警察犬《けいさつけん》なら知《し》ってる」

「よく知《し》ってるね。この犬《いぬ》は介助犬《かいじょけん》だったんだよ」

「どんなことするの？」

「体《からだ》が自由《じゆう》にならない人《ひと》のお手伝《てつだ》いをするんだ。必要《ひつよう》なものを取《と》ってきて渡《わた》したり、ドアや窓《まど》の開《あ》けたり閉《し》めたり、落《お》としたものを拾《ひろ》い上《あ》げたり……人間《にんげん》の手足《てあし》となってはたらくんだ」

「ふ〜ん。いろんなことができるんだね」

「そうだよ。誰《だれ》でもなれるわけじゃない。能力《のうりょく》が優《すぐ》れていて、賢《かしこ》い犬《いぬ》でないと、職業犬《しょくぎょうけん》の候補《こうほ》にすらなれないんだ」

「そんなに大変《たいへん》なの？」

「候補《こうほ》に選《えら》ばれたからといって必《かなら》ず職業犬《しょくぎょうけん》になれる訳《わけ》じゃない。特別《とくべつ》な訓練《くんれん》を受《う》け、最後《さいご》にきびしいテストに合格《ごうかく》した犬《いぬ》だけが、職業犬《しょくぎょうけん》としてはたらけるんだよ」

「この犬《いぬ》も、そのきびしいテストに合格《ごうかく》したの？」

おじいちゃんは、深《ふか》く、うなずいた。

本当《ほんとう》かなぁ……私《わたし》は寝《ね》そべっている寂《さび》しそうな老犬《ろうけん》を、じろじろ観察《かんさつ》した。だって、今《いま》の姿《すがた》から、賢《かしこ》くて優秀《ゆうしゅう》な犬《いぬ》だったなんて想像《そうぞう》つかないんだもの。

「名前《なまえ》は、なんていうの？」

「ジャンボだよ」

「ふつうの名前《なまえ》なんだね。もっと特別《とくべつ》な名前《なまえ》がついているのかと思《おも》った」

「そうか？　親《した》しみやすくて良《よ》い名前《なまえ》じゃないか」

おじいちゃんは手《て》をのばして、ジャンボの背中《せなか》をいたわるようになでた。

「介助犬《かいじょけん》だったジャンボが、どうして、おじいちゃんとおばあちゃんの家《いえ》に来《き》たの？」

「ターミナルケアという役目《やくめ》を引《ひ》き受《う》けたんだ」

「ターミナルケア？」

「ジャンボのように引退《いんたい》した職業犬《しょくぎょうけん》をもらって、老後《ろうご》の世話《せわ》をすることさ。長《なが》い間《あいだ》、人間《にんげん》のために尽《つ》くしてくれたお礼《れい》に、この家《いえ》で、のんびり余生《よせい》を送《おく》ってもらうお手伝《てつだ》いをするんだよ」

おじいちゃんになでられて気持《きも》ちがよかったのか、ジャンボは、寝《ね》ちゃったみたい。

私《わたし》はもう一度《いちど》ジャンボの寝顔《ねがお》をながめてみた。深《ふか》いしわや、ほっぺのたるんだお肉《にく》。やっぱりおじいちゃん犬《いぬ》だ。介助犬《かいじょけん》としてはたらいていたころは、かっこよかったのかな
……。

「でも、あと、どれくらい生《い》きてくれるか」

おじいちゃんが哀《かな》しそうな顔《かお》をした。

「病気《びょうき》なの？」

「病気《びょうき》ではないんだが……気《き》を張《は》ることが多《おお》くて大変《たいへん》な仕事《しごと》だったから、残《のこ》された時間《じかん》は、そう長《なが》くないと聞《き》いているんだ。職業犬《しょくぎょうけん》はふつうに暮《く》らしている犬《いぬ》より、寿命《じゅみょう》が短《みじか》いと言《い》われているんだよ」

職業犬《しょくぎょうけん》は寿命《じゅみょう》が短《みじか》い……と聞《き》いて、ハッとした。

ジャンボは、ふつうの家《いえ》で楽《たの》しく人間《にんげん》と暮《く》らしている犬《いぬ》と、まったく違《ちが》う生活《せいかつ》を送《おく》ってきたんだ。大変《たいへん》な訓練《くんれん》に耐《た》え、たくさん努力《どりょく》してむずかしい試験《しけん》に合格《ごうかく》したんだもん。

その後《ご》は助《たす》けを必要《ひつよう》とする人《ひと》のために、一生懸命《いっしょうけんめい》はたらいて、命《いのち》がけずられてしまった。

疲《つか》れきった寂《さび》しそうなおじいちゃんになるまで。

「そろそろ、おやつにしましょう」

おばあちゃんが、紅茶《こうちゃ》とフルーツケーキを運《はこ》んできた。

う～ん、この香《かお》り。レーズン、イチジク、クランベリー、パインなどドライフルーツとクルミを練《ね》りこんで焼《や》いたおばあちゃんのフルーツケーキは、私《わたし》とおじいちゃんの大好《だいこう》物《ぶつ》！　おばあちゃんがイギリスで暮《く》らしていたころに覚《おぼ》えた、得意料理《とくいりょうり》のひとつなんだ。

私《わたし》は、まっさきにケーキを選《えら》んでお皿《さら》を取《と》った。

そのとき！

寝《ね》ていたはずのジャンボが、私《わたし》の手《て》から、お皿《さら》をくわえて取《と》り上《あ》げてしまったの。

「こら！」

怒《おこ》ってこぶしを振《ふ》り上《あ》げたけど、ジャンボはお皿《さら》を返《かえ》してくれない。お皿《さら》をくわえたまま、とぼけた顔《かお》で知《し》らんぷり。

「それは私《わたし》のケーキなの！　返《かえ》して！」

ジャンボからお皿《さら》を取《と》り返《かえ》そうと手《て》をのばした。すると、おじいちゃんが私《わたし》の腕《うで》を優《やさ》しくつかんで、

「アキちゃん、許《ゆる》してやってくれ。ジャンボは、少《すこ》し、混乱《こんらん》してしまっているらしい。かわりにおじいちゃんのケーキをあげるから」

おじいちゃんは自分《じぶん》のお皿《さら》を、私《わたし》の前《まえ》に置《お》いた。

「いいけど……」

私《わたし》は、しぶしぶ、おじいちゃんからもらったケーキにザクッとフォークを入《い》れた。

ジャンボは私《わたし》のお皿《さら》をくわえ、そっぽを向《む》いている。ケーキには手《て》をつけようとしない

から、食《た》べたかったわけじゃないのかな。

「アキちゃんにお願《ねが》いがあるんだ」

「なあに？」

「ジャンボはアキちゃんが困《こま》ることや嫌《いや》がることをするかもしれないかぎり叱《しか》らないでほしいんだ」

私《わたし》は、答《こた》えなかった。さっきみたいなことをされたら、きっと怒《おこ》ってしまうもん。

「おじいちゃんだって、もしかしたら、ジャンボみたいに年《とし》をとってアキちゃんに迷惑《めいわく》をかけるかもしれないよ」

「おじいちゃんなら平気《へいき》だよ。アキはおじいちゃんが大好《だいす》きだもん」

「うれしいね。ジャンボのことも大好《だいす》きになってくれると、もっとうれしいんだけどな」

ジャンボが、人間《にんげん》のために働《はたら》いてくれた賢《かしこ》い犬《いぬ》だったってことはわかったけど……いきなりお皿《さら》を取《と》り上《あ》げるし、なんか様子《ようす》が変《へん》なんだもん。

大好《だいす》きにはなれそうもないかも……。

あくる日《ひ》も、私《わたし》はふだん通《どお》り、おじいちゃんとおばあちゃんの家《いえ》に、立《た》ち寄《よ》った。

ジャンボがいると思《おも》うと気《き》が重《おも》かったけど、家《いえ》でひとりぼっちはもっと嫌《いや》。……がまんしよう。ジャンボに、かかわらないようにすればいいだけだし。

でも、そうはいかなかった！

また、おやつのお皿《さら》を取《と》り上《あ》げられてしまったんだもの。今日《きょう》はジャンボはお皿《さら》をくわえたまま、キッチンに戻《もど》るおばあちゃんのあとを追《お》っていった。

「なんでかしら？」

おばあちゃんは、ジャンボから渡《わた》されたお皿《さら》を持《も》ったまま首《くび》をかしげていた。

ジャンボが来《き》て一週間《いっしゅうかん》。

おじいちゃん達《たち》の家《いえ》に向《む》かう足《あし》どりが重《おも》かった。ジャンボと会《あ》うことが苦痛《くつう》になっていた。

今日《きょう》も、おやつのお皿《さら》を持《も》っていかれるに決《き》まってる。ご飯《はん》は散《ち》らかすし、お水《みず》はこぼすし、突然《とつぜん》吠《ほ》えはじめるし、むっつり愛想《あいそ》もないし、嫌《いや》なところしかないんだもん。

優秀《ゆうしゅう》な職業犬《しょくぎょうけん》だったなんて、ぜんぜん信《しん》じられない。

「ただいま……」

沈《しず》んだ気持《きも》ちで、玄関《げんかん》のドアを開《あ》けると……。

ギクッ！

ジャンボがとびきりの笑顔《えがお》でお座《すわ》りしていたのだ。

「ど、どうしたの。ジャンボ」

と聞《き》くと、しっぽをぶんぶん振《ふ》りまわし、私《わたし》の顔《かお》に熱烈《ねつれつ》な、お帰《かえ》りなさいのキス。なんなの？　……この変《か》わりよう。愛想《あいそ》なしだったジャンボが、別人《べつじん》……じゃない、別犬《べついぬ》のようにシャキッとしちゃった。

「たった一日《いちにち》で、なんでジャンボは、こんなに変《か》わったの？」

さっそくおじいちゃんに聞《き》いた。

「おはこびをはじめたから……かなあ？」

「おはこび？」

「今朝《けさ》、ジャンボが、牛乳《ぎゅうにゅう》をはこんできてくれたんだよ」

おじいちゃんとおばあちゃんは、毎日《まいにち》、近《ちか》くの牧場《ぼくじょう》の、新鮮《しんせん》な牛乳《ぎゅうにゅう》を届《とど》けてもらっているんだ。このあたりも今《いま》は、たくさんの家《いえ》が建《た》ち並《なら》んでいるけど、昔《むかし》は、のどかな山《やま》の中《なか》だったみたい。想像《そうぞう》つかないけど。牛乳《ぎゅうにゅう》は玄関《げんかん》ドアのわきに設置《せっち》された専用《せんよう》のプラスチックボックスに届《とど》けられる。

「配達《はいたつ》の人《ひと》から受《う》け取《と》ったの？」

「それが、違《ちが》うんだよ！」

おじいちゃんは、興奮《こうふん》ぎみにしゃべりだした。

「ジャンボが玄関《げんかん》の鍵《かぎ》をはずして、レバーハンドルを下《さ》げてドアを開《あ》けたんだ。それだけでも驚《おどろ》いたのに、宅配《たくはい》ボックスのふたも簡単《かんたん》に開《あ》けてしまったんだ。牛乳《ぎゅうにゅう》が二本入《にほんはい》ったポリ袋《ぶくろ》の持《も》ち手《て》のところを器用《きよう》にくわえて取《と》り出《だ》し、ボックスのふたを閉《し》めて元通《もとどお》りにして家《いえ》に入《はい》ってきたんだ。すごいだろ？」

と、早口《はやくち》で、いっきに説明《せつめい》した。かなり興奮《こうふん》してるみたい。

「ジャンボが全部《ぜんぶ》ひとりで？　信《しん》じられない……」

「ほんとだよ。この目《め》で見《み》たんだから」

「だって……あのジャンボが？」

「これでジャンボが優秀《ゆうしゅう》な職業犬《しょくぎょうけん》だったって証明《しょうめい》された訳《わけ》だ」

でも、たった一日《いちにち》で、この変《か》わりようはすごすぎる。

「さっきおじいちゃん、ジャンボが変《か》わったのは、〝おはこびをはじめたから〟って言《い》ってたけど……」

「職業犬《しょくぎょうけん》は、引退《いんたい》して仕事《しごと》をやめたとたん、やることがなくなって気落《きお》ちしてしまうことがあるそうなんだ。おじいちゃんも定年退職《ていねんたいしょく》したあと、毎日《まいにち》、やることがなくてボンヤリ過《す》ごしていたから気持《きも》ちはわかるよ。これはおじいちゃんの推測《すいそく》だけど、ジャンボにとって、牛乳《ぎゅうにゅう》のおはこびが、新《あたら》しいお仕事《しごと》になったんじゃないかな」

ジャンボがこの家《いえ》で、無表情《むひょうじょう》、無関心《むかんしん》、無気力《むきりょく》に過《す》ごしていたのは、お仕事《しごと》が急《きゅう》になくなってしまって、寂《さび》しかったのかも。

「あ……そうか！」

おじいちゃんが、手《て》をポンとたたいた。

「アキちゃん。ジャンボは、おはこびしているつもりで、アキちゃんのおやつがのったお皿《さら》を取《と》り上《あ》げたのかもしれない」

「え？　なんで？」

「だって、取《と》り上《あ》げたお皿《さら》は、おばあちゃんのところに持《も》っていって渡《わた》していただろ？　おばあちゃんが持《も》ってきたお皿《さら》を『おはこび』して返《かえ》していたんだ」


おはこびをきっかけに、ジャンボはまるっきり変《か》わった。

玄関《げんかん》マットにお座《すわ》りして私《わたし》の帰《かえ》りを待《ま》っていてくれるようになったんだ。私《わたし》の足音《あしおと》を、人間《にんげん》の四倍《よんばい》はある聴覚《ちょうかく》で聞《き》きつけ先回《さきまわ》りして玄関《げんかん》に来《く》るの。

熱烈《ねつれつ》な歓迎《かんげい》のあと、私《わたし》が靴《くつ》をぬいでいる間《あいだ》に、ランドセルをくわえてリビングまで持《も》っていってくれる。これも、おはこびの仕事《しごと》かな。

おじいちゃんがメガネを落《お》とすと、すばやく拾《ひろ》い上《あ》げて渡《わた》してくれるし、おばあちゃんが庭《にわ》に水《みず》をまくときは、ホースをくわえて、お手伝《てつだ》い。牛乳《ぎゅうにゅう》のおはこびも、毎朝《まいあさ》ちゃんとしてくれる。

ジャンボは、おじいちゃんやおばあちゃんや私《わたし》のために、せっせとはたらいてくれるようになった。

本当《ほんとう》にびっくりするほどジャンボは変《か》わった。

どんよりしていた目《め》つきが、らんらんと輝《かがや》き、だらけていた動作《どうさ》が、シャキッとした。

おじいちゃんみたいにカッコいいと思《おも》えるときがある。

おやつのお皿《さら》を、何度《なんど》も取《と》り上《あ》げられて、ぜったい、好《す》きになれないと思《おも》っていたけど……深《ふか》いしわも、ほっぺのたるんだお肉《にく》も、近《ちか》ごろ、かわいく見《み》えてきたの。

玄関《げんかん》でお座《すわ》りして待《ま》ってくれているのも、うれしい。

おかえりなさい！　って歓迎《かんげい》してくれるのも、うれしい。

私《わたし》が自分《じぶん》の家《いえ》に帰《かえ》るとき、玄関《げんかん》で寂《さび》しそうに見送《みおく》ってくれる姿《すがた》は切《せつ》なくて、私《わたし》もジャンボとずっと離《はな》れたくないって思《おも》っちゃう。

私《わたし》がいないとき、ジャンボの指定席《していせき》はおじいちゃんの足元《あしもと》。テラスから差《さ》しこむ陽《ひ》だまりのなかで、うたた寝《ね》しているらしい。

でも、私《わたし》が帰《かえ》ってくる時間《じかん》が近《ちか》づくとそわそわしはじめ、足音《あしおと》を聞《き》きつけると、むくっと起《お》き上《あ》がり、いそいそ玄関《げんかん》に向《む》かうんだって。

「ジャンボは、アキちゃんのことが大好《だいす》きなんだよ」

おじいちゃんは顔《かお》をほころばせて言《い》った。

「ふうーん。そうなんだ」

照《て》れくさくて、そっけなく答《こた》えたけど、本当《ほんとう》は私《わたし》もジャンボのことが大好《だいす》き！

ジャンボの指定席《していせき》の陽《ひ》だまりで、ジャンボにもたれかかって庭《にわ》をながめる時間《じかん》が私《わたし》の幸《しあわ》せ。

この家《いえ》の、春《はる》の庭《にわ》が大好《だいす》きなんだもの。

ちょうど今《いま》、ひめりんごが花《はな》ざかり。つぼみのときは淡《あわ》いピンク色《いろ》、お花《はな》が開《ひら》くと真《ま》っ白《しろ》に変《か》わって、さわやかな甘《あま》い香《かお》りをただよわす。

花《はな》びらが散《ち》るとき、春風《はるかぜ》でくるくる舞《ま》って、まるでちょうちょうみたい。

「きれいでしょ？　ジャンボ」

ジャンボは、そうだね、と言《い》うかのように、私《わたし》の顔《かお》をぺろりとなめた。

カイドウのピンクの花《はな》も、まっさかり。

今年《ことし》の秋《あき》も、ひめりんごの樹《き》に、たくさん赤《あか》い実《み》がなりますように。

おばあちゃんが焼《や》いた、ひめりんごのパイをジャンボに食《た》べさせてあげたいな。

はじめてジャンボに会《あ》ったとき、おじいちゃんが〝ジャンボの命《いのち》があまり長《なが》くない〟と話《はな》していたことをときどき思《おも》い出《だ》す。

ジャンボに残《のこ》された時間《じかん》は、あと、わずかなのかな。

私《わたし》はジャンボと、あと何回《なんかい》この風景《ふうけい》を見《み》ることができるんだろう。


それから二年《にねん》。

私《わたし》が小学六年生《しょうがくろくねんせい》になった、春《はる》。

ジャンボは、おじいちゃんとおばあちゃんに看取《みと》られ、しずかに息《いき》を引《ひ》きとった。

ジャンボのうそつき。

今年《ことし》の秋《あき》もいっしょにアップルパイを食《た》べようね、って約束《やくそく》したのに。

お昼寝《ひるね》をしているようなジャンボの顔《かお》をなでながら涙《なみだ》が止《と》まらなかった。

でも、今朝《けさ》も、牛乳《ぎゅうにゅう》のおはこびをしてくれたんだってね。

「ありがとう。お疲《つか》れ様《さま》。ゆっくり休《やす》んでね」

と、言葉《ことば》をかけるのが、せいいっぱい。

明日《あした》から「ただいま」とドアを開《あ》けても、ジャンボはもういないんだ。

寂《さび》しいよ……。


ジャンボが旅立《たびだ》ってから十日《とおか》。

ジャンボがいなくなると十二畳《じゅうにじょう》のリビングが、今《いま》までの何倍《なんばい》も広《ひろ》く感《かん》じる。

ジャンボが寝《ね》ていた陽《ひ》だまりが、ジャンボの形《かたち》に見《み》えてくる。

「牛乳《ぎゅうにゅう》のおはこびは、元通《もとどお》り、ボクがやることになったよ」

おじいちゃんは、老眼鏡《ろうがんきょう》をはずして目頭《めがしら》を押《お》さえた。泣《な》いている……のかな？

コトン……と、老眼鏡《ろうがんきょう》が、じゅうたんの上《うえ》に落《お》ちた。

拾《ひろ》ってくれるジャンボは、もういない。

おばあちゃんが、庭《にわ》に出《で》て、ひめりんごの樹《き》に水《みず》をまきはじめた。

ホースをくわえて、器用《きよう》にさばくジャンボの姿《すがた》も……、もうない。

ひめりんごの樹《き》の淡《あわ》いピンク色《いろ》のつぼみがふくらみはじめた。

もうすぐ、私《わたし》の大好《だいす》きな春《はる》の庭《にわ》の景色《けしき》が見《み》られる。

でも今年《ことし》は、ジャンボにもたれかかって眺《なが》めることができないんだね。

寂《さび》しいよ……。

「ピンポーン」

と、インターホンが鳴《な》った。

「はい。どちら様《さま》でしょう」

おじいちゃんがインターホン越《ご》しに声《こえ》をかけた。

「突然《とつぜん》、すみません。私《わたし》ジャンボを訓練《くんれん》していた、鈴木和恵《すずきかずえ》と申《もう》します」

ハキハキとした大《おお》きな声《こえ》が、私《わたし》にも聞《き》こえた。

「ジャンボの！　さあどうぞ、おあがりください」

おじいちゃんは、急《いそ》ぎ足《あし》で玄関《げんかん》へ向《む》かった。

鈴木《すずき》さんは、お線香《せんこう》をあげて、ジャンボの写真《しゃしん》に手《て》を合《あ》わせた。

「亡《な》くなったことを、ご存《ぞん》じだったのですか？」

おじいちゃんが聞《き》くと、鈴木《すずき》さんは、私《わたし》たちに言《い》った。

「ジャンボが教《おし》えてくれたんです」

「ジャンボが？　一体《いったい》どういうことでしょう」

鈴木《すずき》さんは、白《しろ》い布《ぬの》のバッグから、書類《しょるい》をかきわけるようにしてクリアファイルを探《さが》し出《だ》し、中《なか》から大事《だいじ》そうに便《びん》せんを取《と》り出《だ》して、テーブルの上《うえ》に置《お》いた。

「ジャンボから、手紙《てがみ》が届《とど》いたんです」


まさか！


「……ホントのホントにジャンボからですか？」

私《わたし》は鈴木《すずき》さんに確《たし》かめた。

「内容《ないよう》が、ジャンボと私《わたし》だけが知《し》っている思《おも》い出《で》や苦労話《くろうばなし》なんです。それに実《じつ》は、訓練士《くんれんし》仲間《なかま》で、亡《な》くなった犬《いぬ》から手紙《てがみ》を受《う》け取《と》ったものがいて、うわさは聞《き》いていたんです」

おじいちゃんとおばあちゃんは、驚《おどろ》かずに聞《き》いている。なんで？　するとおばあちゃんははほ笑《え》んで、こう言《い》ったのだ。

「あのねアキちゃん、ずっと昔《むかし》、おばあちゃんも犬《いぬ》から手紙《てがみ》を受《う》け取《と》ったことがあるの」

「ほんと？」

聞《き》き返《かえ》すと、隣《となり》にいたおじいちゃんが、

「ほんとだよ、昔《むかし》、見《み》せてもらったことがある」

おじいちゃんは、老眼鏡《ろうがんきょう》をかけ、言《い》った。

「拝見《はいけん》してよろしいですか？」

「どうぞ。でも、まず、ここを読《よ》んでいただきたいのです。この部分《ぶぶん》は、みなさんに宛《あ》てた文面《ぶんめん》ではないでしょうか」

鈴木《すずき》さんの人《ひと》さし指《ゆび》が置《お》かれた先《さき》に、こう書《か》いてあった。


大塚家《おおつかけ》の皆《みな》さま、とても幸《しあわ》せな老後《ろうご》を過《す》ごさせていただきました。

そして僕《ぼく》に、おはこびをさせてくれてありがとうございました。

僕《ぼく》は、上手《じょうず》に、おはこびができていたでしょうか。

「おっしゃる通《とお》り、私《わたし》たちに宛《あ》てたものでしょう」

おじいちゃんは、静《しず》かに老眼鏡《ろうがんきょう》をはずした。

「おはこびって、どういうことなんですか？」

鈴木《すずき》さんに聞《き》かれ、おじいちゃんはジャンボがおはこびをはじめたことから、順《じゅん》を追《お》って説明《せつめい》した。鈴木《すずき》さんはすすり泣《な》きをはじめ、すべて聞《き》き終《お》えると、

「よかったね、ジャンボ。また、おはこびさせてもらえたのね……」と、声《こえ》をつまらせながらジャンボの写真《しゃしん》を抱《だ》きしめた。

しばらくして落《お》ち着《つ》きを取《と》り戻《もど》した鈴木《すずき》さんは、泣《な》いてしまったわけを話《はな》してくれた。

「引退《いんたい》する前《まえ》、ジャンボはつづけざまに、くわえていた荷物《にもつ》を落《お》としてしまったんです。その矢先《やさき》、ジャンボが介助《かいじょ》していた方《かた》が、体調《たいちょう》を崩《くず》して入院《にゅういん》をし、そのまま亡《な》くなられてしまって……。そして、ジャンボの引退《いんたい》が決《き》まったんです」

「そうだったんですか」

おじいちゃんが、ため息《いき》をもらした。

「新《あたら》しくほかの方《かた》の介助犬《かいじょけん》になるには、年齢《ねんれい》が高《たか》すぎました。でも、ジャンボは、介助《かいじょ》していた方《かた》が亡《な》くなったとは知《し》らず、荷物《にもつ》を落《お》としてしまったことが引退《いんたい》させられた原因《げんいん》だと思《おも》いこみ、がっくり落《お》ちこんでいたんじゃないかと」

私《わたし》が、ジャンボにはじめて会《あ》ったとき、寂《さび》しそうに見《み》えたのは、そのせいだったんだ。

「荷物《にもつ》をはこぶことは、介助犬《かいじょけん》の主《おも》な仕事《しごと》のひとつです。ですから、ジャンボは、立《た》てつづけに荷物《にもつ》を落《お》としてしまったことを、悔《く》やんでいたと思《おも》います。でも、こちらでまた、荷物《にもつ》をはこぶ仕事《しごと》をもらえて、うれしかったでしょうね。ジャンボの体力《たいりょく》ではもう、重《おも》たい荷物《にもつ》ははこべませんでした。牛乳《ぎゅうにゅう》二本《にほん》のおはこびがちょうどよかったんですね」

泣《な》き虫《むし》のおじいちゃんは、泣《な》いた。でも、すぐ笑顔《えがお》になって鈴木《すずき》さんに言《い》ったんだ。

「ジャンボは、亡《な》くなった日《ひ》の朝《あさ》も、しっかり、おはこびをしてくれましたよ。楽《らく》をさせてあげるつもりでターミナルケアを引《ひ》き受《う》けたのですが、最後《さいご》の最後《さいご》まで、ジャンボに仕《し》事《ごと》をしてもらっていました」

するど鈴木《すずき》さんが、テーブルに広《ひろ》げたままのジャンボの手紙《てがみ》を、私《わたし》たちのほうへ寄《よ》せて、言《い》ってくれたんだ。

「手紙《てがみ》の最後《さいご》の言葉《ことば》を読《よ》んでください。これがジャンボの気持《きも》ちです」

鈴木《すずき》さん。僕《ぼく》に介助犬《かいじょけん》になるための訓練《くんれん》してくれて、本当《ほんとう》にありがとう。
僕《ぼく》は、最後《さいご》まで、人《ひと》の役《やく》に立《た》ってはたらけたことを誇《ほこ》りに思《おも》います。

ジャンボ

5章《しょう》

家《か》族《ぞく》の樹《き》

今日《きょう》は、母《はは》の三回忌《さんかいき》でした。法要《ほうよう》をすませたあと、ボクの家《いえ》に、近《ちか》しいものが集《あつ》まりました。この家《いえ》で、母《はは》をしのびたかったからです。


母《はは》は、三歳《さんさい》のとき、大《おお》きな地震《じしん》を経験《けいけん》しました。

そのとき、父方《ちちかた》の祖母《そぼ》が住《す》んでいたこの家《いえ》に避難《ひなん》してきたそうです。当時《とうじ》たった三歳《さんさい》だったため、地震《じしん》の記憶《きおく》はありませんでした。ただ恐《おそ》ろしい音《おと》の記憶《きおく》がトラウマになって、大《おお》きな音《おと》を怖《こわ》がるようになってしまったそうです。

その苦痛《くつう》から救《すく》ってくれたのはベルーノという犬《いぬ》でした。

ベルーノは不思議《ふしぎ》な、癒《い》やしの力《ちから》を持《も》っていたそうです。

ベルーノは母《はは》をかばって事故《じこ》で亡《な》くなりました。

しかしベルーノが亡《な》くなったあと、母《はは》は大《おお》きな音《おと》が怖《こわ》くなくなっていたそうです。

〝ベルーノが私《わたし》の怖《こわ》がりな心《こころ》を持《も》っていってくれたのよ〟と、母《はは》は話《はな》していました。

ボクは、今年《ことし》で六十四歳《ろくじゅうよんさい》になりました。

妻《つま》のユカも、同《おな》じ年齢《ねんれい》です。

ボクたちは幼《おさな》なじみで、妻《つま》は、ボクの初恋《はつこい》の人《ひと》でした。

小学校六年生《しょうがっこうろくねんせい》のとき、一度《いちど》、振《ふ》られ、しばらく気《き》まずい雰囲気《ふんいき》でした。しかし、ヤスシという犬《いぬ》のおかげで仲直《なかなお》りできました。

中学《ちゅうがく》に入《はい》り、なんとなく良《よ》いムードになりかけていた矢先《やさき》です。

妻《つま》が、お義父《とう》さんの仕事《しごと》の都合《つごう》でイギリスへ渡《わた》ってしまったのです。

イギリスへ発《た》つ前《まえ》、妻《つま》がボクに住所《じゅうしょ》を教《おし》えてくれました。

ボクは勇気《ゆうき》を出《だ》して愛《あい》する気持《きも》ちを手紙《てがみ》で伝《つた》えようと決心《けっしん》しました。

でもボクは意気地《いくじ》なしで度胸《どきょう》がありませんでした。

たわいもない短《みじか》い手紙《てがみ》を出《だ》したため、返事《へんじ》はもらえませんでした。

そのまま妻《つま》のことはあきらめるつもりでした。

再《ふたた》びボクが妻《つま》と会《あ》えたのは、ヤスシのおかげです。

ボクが妻《つま》と結婚《けっこん》できたのも、ヤスシのおかげです。

ボクとユカの間《あいだ》に、娘《むすめ》がひとりいます。

結婚《けっこん》して、もう家《いえ》を出《で》ていってしまいましたが、名前《なまえ》はナツメといいます。

小学校《しょうがっこう》の教師《きょうし》をしながら子育《こそだ》ても一生懸命《いっしょうけんめい》のがんばり屋《や》です。

しかし中学校《ちゅうがっこう》にあがるまでは、あきっぽくて根性《こんじょう》のない子《こ》でした。ボクの子《こ》どものころに似《に》たのかもしれません。

彼女《かのじょ》の性格《せいかく》が変《か》わったきっかけは、キララという犬《いぬ》です。

キララは、飼《か》い主《ぬし》から虐待《ぎゃくたい》を受《う》けていたところを保護《ほご》された犬《いぬ》でした。

ずっとひどい目《め》にあってきたキララを、ナツメは幸《しあわ》せにすると誓《ちか》いました。

その誓《ちか》い通《どお》りナツメはキララを幸《しあわ》せにしたと、ボクは思《おも》います。


ナツメには娘《むすめ》がいます。ボクにとっては孫《まご》にあたりますが、名前《なまえ》はアキ。

両親《りょうしん》は共働《ともばたら》きで、きょうだいもありません。家《いえ》に帰《かえ》ってもつまらないからでしょう。アキは通学路《つうがくろ》の途中《とちゅう》にあるこの家《いえ》に、毎日《まいにち》、立《た》ち寄《よ》ります。

ボクは二年前《にねんまえ》、職業犬《しょくぎょうけん》を引退《いんたい》したジャンボという老犬《ろうけん》を引《ひ》きとりました。

とても賢《かしこ》く、アキともよく遊《あそ》んでいました。


先日《せんじつ》、ジャンボから、手紙《てがみ》が届《とど》きました。

ジャンボの訓練《くんれん》をした鈴木《すずき》さんに送《おく》られてきた手紙《てがみ》ですが、そのなかに、ボクと妻《つま》とアキに宛《あ》てたメッセージが書《か》いてありました。

犬《いぬ》から手紙《てがみ》が届《とど》くなんて不思議《ふしぎ》に思《おも》われるでしょうが、母《はは》は、ベルーノから手紙《てがみ》を受《う》け取《と》っています。

妻《つま》も飼《か》っていた愛犬《あいけん》ロビンから手紙《てがみ》を受《う》け取《と》りました。

ナツメには、キララから手紙《てがみ》が届《とど》いています。

しかしボクのところには、ヤスシから手紙《てがみ》が届《とど》きません。


ヤスシはこのまま手紙《てがみ》をくれないのでしょうか。

庭《にわ》で、ひめりんごの花《はな》がさかりを迎《むか》えています。
母《はは》が飼《か》っていたベルーノは、この樹《き》の下《した》で眠《ねむ》っています。
キララは、このひめりんごの実《み》が大好《だいす》きでした。
ジャンボは妻《つま》が焼《や》いた、ひめりんごのパイが好物《こうぶつ》でした。
ヤスシは……この樹《き》の枝《えだ》をいつもくわえていたっけ。

ボクは、ひめりんごの樹《き》を見上《みあ》げました。
庭《にわ》の真《ま》ん中《なか》で立派《りっぱ》に根付《ねづ》いた、ひめりんごの樹《き》。
見上《みあ》げると、満開《まんかい》の白《しろ》い花々《はなばな》が重《かさ》なりあって、雲《くも》のようです。
突然《とつぜん》！　つむじ風《かぜ》がくるんと樹《き》をひとまわりして、一気《いっき》に花《はな》びらを吸《す》い上《あ》げました。
花吹雪《はなふぶき》の真《ま》っ白《しろ》な渦《うず》の向《む》こうに、青空《あおぞら》がかすかに見《み》えました。
キラリ！　なにかが白《しろ》く光《ひか》りました。

もしや！

ボクは、飛《と》び上《あ》がってつかみ取《と》りました。
封筒《ふうとう》です……。もしや！
急《いそ》いで封《ふう》を切《き》ると、ヤスシからでした。
やっと来《き》たか、待《ま》たせやがって。

ヤスシと別《わか》れたとき、ボクは二十三歳《にじゅうさんさい》でした。
今《いま》は、六十四歳《ろくじゅうよんさい》です。
実《じつ》に、四十一年《よんじゅういちねん》も、待《ま》たされたのです。

秀介《しゅうすけ》、ぼくのこと覚《おぼ》えてる？
ぼくは秀介《しゅうすけ》のこと忘《わす》れてないよ。
いま秀介《しゅうすけ》がどんな暮《く》らしをしているかも知《し》ってる。

キララちゃんやジャンボさんから聞《き》いているよ。
大塚家《おおつかけ》にゆかりのある犬《いぬ》たちが、今《いま》、どうしているか知《し》りたいでしょう。
写真《しゃしん》を同封《どうふう》して報告《ほうこく》します。

ベルーノさんはりんご農家《のうか》になって
りんご栽培《さいばい》に精《せい》を出《だ》しています。

キララちゃんは生徒《せいと》からしたわれる、
優《やさ》しい先生《せんせい》です。

ジャンボさんは頼《たよ》りがいのある
真面目《まじめ》なお巡《まわ》りさん。

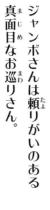

そしてぼくはカメラマンとして、
あちこちを取材《しゅざい》しています。

秀介《しゅうすけ》、ずいぶん待《ま》たせたね。
でもぼくは、いじわるしていたわけじゃないんだ。
ぼくが今《いま》まで手紙《てがみ》を出《だ》さなかったのは、秀介《しゅうすけ》が哀《かな》しむから。
ぼくがいなくなってすぐ秀介《しゅうすけ》に手紙《てがみ》を出《だ》したら手紙《てがみ》を読《よ》み返《かえ》してはめそめそ泣《な》いて
いつまでも立《た》ち直《なお》れないいんじゃないかと思《おも》ったからなんだ。
ぼくは、秀介《しゅうすけ》の性格《せいかく》を知《し》り尽《つ》くしているからね。
でもジャンボさんから
秀介《しゅうすけ》が笑顔《えがお》で見送《みおく》ってくれた、と聞《き》いて、もう大丈夫《だいじょうぶ》と思《おも》ったんだ。
ぼくは、秀介《しゅうすけ》といて楽《たの》しかったよ。

勘《かん》がにぶくて、流《なが》されやすくて、根気《こんき》がなくて
優《やさ》しくて、思《おも》いやりがあって、涙《なみだ》もろくて
ちょっと意気地《いくじ》なしの秀介《しゅうすけ》。
楽《たの》しい楽《たの》しい十二年間《じゅうにねんかん》でした。

ぼくが秀介《しゅうすけ》のいないとき旅立《たびだ》ったことも
ぼくなりのわけがあるんだ。
秀介《しゅうすけ》と、お別《わか》れしたくなかったんだ。

ぼくはまだ、秀介《しゅうすけ》とお別《わか》れしていません。
だからいつか、また会《あ》えるよね。

ヤスシ

ヤスシは、ボクのなにもかもを、お見通《みとお》しでした。

やられたよ、ヤスシ。

また会《あ》おうな。


母《はは》が植《う》え、母《はは》が一生《いっしょう》をかけて大切《たいせつ》に育《そだ》てた、ひめりんごの樹《き》は、この庭《にわ》にどっしりと根《ね》をおろし、この家《いえ》で暮《く》らしてきた人間《にんげん》たちと犬《いぬ》たちを、庭《にわ》からずっと見守《みまも》ってきました。

小《ちい》さな苗木《なえぎ》が、見上《みあ》げるほど立派《りっぱ》な樹《き》になるまで、長《なが》い長《なが》い間《あいだ》、ベルーノとともに、そっと。

苗木《なえぎ》のころから、およそ百年《ひゃくねん》。この先百年《さきひゃくねん》も、その百年先《ひゃくねんさき》も。春《はる》は、甘《あま》い香《かお》りの花《はな》で真《ま》っ白《しろ》に染《そ》まり、秋《あき》は、酸《す》っぱい実《み》で真《ま》っ赤《か》に染《そ》まり、この樹《き》に集《あつ》まる家族《かぞく》たちの絆《きずな》をつないでいってくれるでしょう。

Shogakukan Junior Bunko

★小学館ジュニア文庫★

ある日　犬の国から手紙が来て

2017年12月４日　初版第１刷発行

絵／松井雄功
文／田中マルコ

発行人／細川祐司
編集人／筒井清一
編集／稲垣奈穂子

発行所／株式会社　小学館
〒101-8001　東京都千代田区一ツ橋２－３－１
電話　編集　03-3230-5613
販売　03-5281-3555

印刷・製本／加藤製版印刷株式会社

Printed in Japan　　ISBN　978-4-09-231193-0